U0095703

联合编写院校

【吉林卷】（排名不分先后）

东北师范大学美术学院
吉林艺术学院现代传媒学院
吉林师范大学美术学院
吉林大学艺术学院
吉林工程技术师范学院艺术学院
吉林建筑工程学院艺术设计学院
吉林建筑工程学院城建学院
吉林建筑工程学院建筑装饰学院
长春师范学院美术学院
长春工业大学艺术设计学院
延边大学艺术学院
通化师范学院美术系
白城师范学院美术系
东北师范大学人文学院艺术设计系
东北师范大学人文学院视觉艺术系
东北师范大学人文学院服装工程设计系
长春大学美术学院
长春大学旅游学院艺术系
长春大学光华学院
吉林艺术学院高职学院
吉林省教育学院艺术系
北华大学艺术学院
吉林农业大学发展学院

指南针系列教材

THE CHINESE UNIVERSITY

ARTS & DESIGN

A SERIES OF TEAC

主　编　陈文国　张建华

副主编　王可刚

编　著　张建华　陈文国　王伟生
　　　　王可刚　邵丽　付宝民
　　　　孙世昌

辽宁美术出版社

图书在版编目（CIP）数据

中国画基础研究／张建华等编著. —沈阳: 辽宁美术出版社, 2005.7

（中国高等院校美术设计教研大系. 吉林卷）

ISBN 7-5314-3341-9

Ⅰ. 中… Ⅱ. 张… Ⅲ. 中国画－技法（美术）－教学研究－高等学校 Ⅳ. J212

中国版本图书馆CIP数据核字（2005）第060691号

出 版 者：辽宁美术出版社
地　　址：沈阳市和平区民族北街29号　邮编：110001
印 刷 者：沈阳美程在线印刷有限公司
发 行 者：辽宁美术出版社
开　　本：889mm×1194mm　1/16
印　　张：7
字　　数：90千字
印　　数：3501-6500册
出版时间：2005年7月第1版
印刷时间：2006年7月第3次
责任编辑：王　嵘　侯维佳
版式设计：侯维佳
责任校对：张亚迪
定　　价：39.00元

邮购部电话：024-23414948
E-mail: lnmscbs@mail.lnpgc.com.cn
http://www.lnpgc.com.cn

前 言
PREFACE

当我们把美术院校所进行的美术教育当作当代文化景观的一部分时，就不难发现，美术教育如果也能呈现或继续保持良性发展的话，则非有"约束"和"开放"并行不可。所谓约束，指的是从"经典"出发再造经典，而不是一味地兼收并蓄；开放，则意味着学习研究所必须具备的眼界和姿态。这看似矛盾的两面，其实一起推动着我们的美术教育向着良性和深入演化发展。这里，我们所说的美术教育其实包含了两个方面的含义：其一，技能的承袭和创造，这可以说是我国现有的教育体制和教学内容的主要部分；其二，则是建立在美学意义上对所谓艺术人生的把握和度量，在学习艺术的规律性技能的同时获得思维的解放，在思维解放的同时求得空前的创造力。由于众所周知的原因，我们的教育往往以前者为主，这并没有错，只是我们需要做的，一方面是将技能性课程进行系统化、当代化的转换；另一方面，需要将艺术思维、设计理念等等这些由"虚"而"实"却属于艺术教育的精髓，融入到我们的日常教学和艺术体验之中。

在本套丛书实施以前，出于对美术教育和学生负责的考虑，我们做了一些调查，从中发现，那些内容简单、资料匮乏的图书与少量新颖但专业却难成系统的图书共同占据了学生的阅读视野。而且有意思的是，同一个教师在同一个专业所上的同一门课中，所选用的教材也是五花八门、良莠不齐，由于教师的教学意图难以通过书面教材得以彻底贯彻，因而直接影响到教学质量。

学生的审美和艺术观还没有成熟，再加上缺少统一的专业教材引导，上述情况就很难避免。正是在这个背景下，我们根据国家对美术教育的精神，在坚持遵循中国传统基础教育与内涵和训练好扎实绘画（当然也包括设计）基本功的同时，向国外先进国家学习借鉴科学的并且灵活的教学方法、教学理念以及对专业学科深入而精微的研究态度，辽宁美术出版社会同各院校组织专家学者和富有教学经验的精英教师联合编撰出版了《中国高等院校美术·设计教研大系》。教材是无度当中的"度"，是规范，也是由各位专家长年艺术实践和教学经验所凝聚而成的"闪光点"，从这个"点"出发，相信受益者可以到达他们想要抵达的地方。规范性、专业性、前瞻性的教材能起到指路的作用，能使使用者不浪费精力，直取所需要的艺术核心。在这个意义上说，这套教研大系在国内具有填补空白的作用，是空前的。

《中国高等院校美术·设计教研大系》编委会

指南针系列教材

中国高等院校美术·设计教研大系【吉林卷】

总 主 编 王犁犁

副总主编 （以姓氏笔画为序）
　　　　　王建国　王铁军　王　帆　黄　千
　　　　　吕　波　齐伟民　苏晓民　李功君
　　　　　李胜龙　李　星　李仲德　殷晓烽
　　　　　秦秀杰　傅黎明　魏舒菲　靳占荣
编　　委　王玉峰　王俊德　关　卓　刘　国
　　　　　张宏雁　张　博　陈文国
　　　　　高贵平　徐景福　缪肖俊

目 录
CONTENTS

概　述

第一章　山水篇

第一节　关于临摹 …………………………………………… 009
一、反思传统 ………………………………………………… 009
二、关于山水画的临摹 ……………………………………… 010
三、解析名作 ………………………………………………… 014
四、简介画论 ………………………………………………… 016

第二节　关于写生 …………………………………………… 018
一、师古人与师造化 ………………………………………… 018
二、写生的意义 ……………………………………………… 020
三、写生的要求 ……………………………………………… 020
四、写生的形式 ……………………………………………… 021
五、写生的步骤 ……………………………………………… 024

第三节　关于创作 …………………………………………… 024
一、绘画语言的剖析 ………………………………………… 024
二、精神内涵的理解 ………………………………………… 030
三、作品完整性的认识 ……………………………………… 032
四、时代精神的把握 ………………………………………… 035

第二章　花鸟篇

第一节　关于临摹 …………………………………………… 039
一、认识临摹 ………………………………………………… 039
二、工笔花鸟画的临摹 ……………………………………… 040
三、写意花鸟画的临摹 ……………………………………… 042

第二节　关于写生 …………………………………………… 049
一、造型与笔墨 ……………………………………………… 049
二、写生的认识 ……………………………………………… 052
三、工笔花鸟写生 …………………………………………… 053

第三节　关于创作 …………………………………………… 055
一、构思的诱发因素 ………………………………………… 055
二、构图的讨论 ……………………………………………… 056
三、品格的修炼 ……………………………………………… 066

第三章　人物篇

第一节　关于临摹 …………………………………………… 067
一、笔墨的内容 ……………………………………………… 067
二、技法的讨论 ……………………………………………… 070
三、工笔人物画的临摹 ……………………………………… 070

第二节　关于写生 …………………………………………… 080
一、工笔人物的写生 ………………………………………… 080
二、意笔人物的写生 ………………………………………… 087

第三节　关于创作 …………………………………………… 106
一、创作的方法 ……………………………………………… 106
二、创作的思考 ……………………………………………… 108

霜風嘉子兵
鳴禽碧欲亮

概 述
OUTLINE

中国画基础教学研究包括三个部分，即山水画基础教学研究、花鸟画基础教学研究和人物画基础教学研究。每个部分都是围绕临摹、写生、创作三个教学环节而展开的。

第一部分：山水画基础教学研究

关于临摹，包括：一，讨论什么是传统，什么是中国画传统，如何对待传统，如何师承传统；二，探讨临摹的态度、写生与临摹、临摹的方法；三，挑选几件经典作品，介绍其内容，解析其技法，并做临摹提示；四，推荐经典画论，简介其作者及主要观点。

关于写生，包括：一，论述师人与师物的关系；二，挖掘写生的意义；三，提出写生的要求；四，归纳出对景水墨写生、记忆写生等形式；五，归纳出立意构思、经营位置、意匠加工、调整统一等写生步骤。

关于创作，包括：一，剖析绘画语言的分解与重组；二，从情感方面和具体物象两个方面理解绘画作品中的精神内涵；三，探讨作品的完整与完善；四，探讨绘画创作过程中如何把握时代精神。

第二部分：花鸟画基础教学研究

关于临摹，包括：一，解释临摹的意义，总结临摹的方法；二，介绍工笔花鸟画的临摹方法，讲解不同时期的几件代表性作品的临摹步骤；三，结合经典作品，分析写意花鸟画的临摹方法。

关于写生，包括：一，探讨花鸟画的造型与笔墨问题；二，探讨临摹与写生、创作的关系，归纳写生的方法，如慢写、速写、默写、意写；三，归纳工笔花鸟画的写生方法。

关于创作，包括：一，介绍创作构思的三个诱发因素：因物兴感，借物言情，缘势成画；二，从视觉中心、构图的形式美、花鸟画构图的物象布置三个角度，研究创作的构图；三，探讨人品与画品的关系。

第三部分：人物画基础教学研究

关于临摹，包括：一，分析笔墨的内容，如笔法、执笔、运笔；二，讨论笔墨技法的重要性；三，结合具体作品讲解临摹的方法及步骤，赏析经典作品。

关于写生，包括：一，结合实例，讲解白描写生、淡彩人物写生、重彩人物写生方法及步骤；二，介绍速写、白描的写生方法以及水墨人物的写生方法、步骤。

关于创作，包括：一，归纳出创作方法，包括立意、构图、用色、制作等四个方面；二，探讨创作中的主题、章法、生活、风格、品格几个问题。

第1章

山水篇

本章要点
- 关于临摹
- 关于写生
- 关于创作

第一节 关于临摹

一、反思传统

1. 什么是传统

谈经典，自然要论及传统。传统，似乎是一个老得不能再老、熟得不能再熟的话题，尤其是在这个以标新立异为荣耀、为时尚，以保守陈旧为耻辱、为落后的现代社会。既然如此，为什么还要论传统呢？因为我们很多人并没有搞清楚什么是传统，如何对待传统，如何师承传统等一系列的问题。那么，什么是传统呢？传是人类历史的延伸、延续、承袭；统是传的精神整体、文明与发展的方向。传统就是人类生活中前后相继、主导人类文明的文化灵魂与精神整体，是在历史进程中延伸着的思想纲领和生活主题。传统是一种精神，是一种蕴涵着几千年中国美学、中国哲学、中国文艺思想精髓以及民族审美习性的精神。对于人类来说，传统发生于过去，但却永恒地生成于现在和未来，显现于日常生活，深藏于人的本性之中。按一般的看法，中国画传统就是历代大师流传下来的画法和画论。但我认为，画法和画论只是中国画传统的表层形式，而它的深层内容则是画家的思想品格所蕴涵的文化传统，文化精神。

2. 如何对待传统

既然搞清楚了什么是传统，接下来的问题就是如何对待传统，答案似乎也很简单：推陈出新，借古开今，前人早有定论。但如果我们只论出新、开今，不顾推陈、借古，那么继承传统发展也还是一句空话，一句废话。

创新没错，但创新必须以师古为基础。潘天寿说："新，必须由陈中推动而出。倘接受传统，仅仅停止于传统，或所接受者，非优良传统，则任何学术，亦将无所进步。若然，何贵接受传统耶？倘摒弃传统，空想人人作盘古皇，独开天地，恐吾辈至今，仍生活于茹毛饮血之原始时代矣。苦瓜和尚云：'故君子惟借古以开今也。'借古开今，即推陈出新也。于此，可知传统之可贵。"美术史上的任何一位大师，都用自己的卓越成就证实了开今、创新须以敬古、师古为基础的道理。

3. 如何师承传统

（1）钻研传统技法

大师之所以能成为大师，在中国画史上占有一席之地，其中一个原因就是他们具备深厚的笔墨功力。我们向大师学习，首先要学习他们的笔墨技法，磨炼我们的笔墨基本功。郭熙《林泉高致集》中说："凡落笔之日，必明窗净几，焚香左右，精笔妙墨，盥手涤砚，如见大宾。必神闲意定，然后为之。岂非所谓不敢以轻心挑之者乎？已营之，又彻之，已增之，又润之，一之可矣，又再之，再之可矣，又复之。每一图，必重复终始，如戒严敌，然后毕，此岂非所谓不敢以慢心忽之者乎？所谓天下之事，不论大小，例须如此而后有成。"范宽的《溪山行旅图》、郭熙的《早春图》、李唐的《万壑松风图》、王希孟的《千里江山图》、龚贤的《溪山无尽图》等气势雄大、制作谨严的经典之作，都是画家心血的结晶。这种"五日画一石，十日画一水"的作品，正是今天我们训练笔墨基本功的最佳范本。

（2）补习传统文化

一件绘画作品成就的高低，不只是取决于章法、笔墨等外在手段，更是取决于作者的才情、气质、格调等内在精神，而这种内在精神便是其文化修养与人格气度的统一，即所谓的文化性。历代大家的绘画作品，无一不流露着这种文化性。师承传统绘画，应该研究历代大师的技法，但我们绝不能只是纠缠于技法，如果只是纠缠于技法，那么必然不能深入地与大师的心灵相沟通，必然不能真正地领略大师的精神境界。而若想领略这种精神境界，首先要师承传统文化。传统文化是中国画的思想基础，也就是说中国画是一种特别强调中华民族传统文化精神的东方绘画。古代文人是以诗和书为教育的基础，从启蒙时便诵诗习字，在数十年的陶养中，自然通于一而毕于万，故多才多艺者数不胜数。早在20世纪30年代就有人说古代的经书已经有百分之六十看不大懂了，已经是21世纪的今天，我们能看懂的经书又能有多少呢？而对于我们这些美术学习者，不要说经书，就是古代画论，我们能读懂的人也是少之又少。而不去读、读不懂古代经典、古代画论，我们又如何能读懂古人之思想、古人之品质？我们又如何能领略传统文化之精神？我们又拿什么来充实我们的学养、修炼我们的品格？当然，时光无法倒转，今人不可能倒退为古人，我们想要达到古人诗书画印俱佳的境地已非易事，但这并不能成为我们学习传统文化的障碍。我们达不到古人的境地，不是我们放弃传统文化的理由。相反，我们更应该抓紧时间补课，补传统文化这门大课，充实我们的学养。那么，如何去做呢？读书。读书是认识传统文化的一个有效途径。潘天寿说："不读书，不了解中国文化，就不知道什么是中国画传统。"读书，读经典，读画论，也是我们必须训练的一个基本功。

（3）承接文化精神

徐复观《当前读经问题之争论》说："其实，每一文化精神，常是通过某一时代的具体事件而表现。某一时代过去了，某一时代的具体事件之本身，多半即失掉其意义。读古典，是要通过这些具体事件以发现其背后的精神，因此而启发现在的精神。"中国传统文化是中华民族精神的载体和表现。从本质上说，文化精神与民族精神是相通的。可以说，民族精神是特定民族文化传统的相互凝聚和整合，在民族文化心理结构中的长期积淀而形成的整体国民性格。只要认真品味中国画史上的任何一位真正的大师，我们都不难发现，他们之所以成功，是因为其独创的笔墨技法，更是因为支撑其技法、铸就其风格的人格精神、文化精神。何怀宏在《何谓"人文"》中说："最重要的是

自己去阅读，去阅读那些伟大的经典，去细心体会和感悟，去和那些伟大的心灵对话。我们需要有某种行动和体悟，去读那些无字之书，但人文教育的主要途径也还是阅读那些人文经典。在经典里面，不仅凝聚了那些伟大心灵的思考，也是他们的行事的结晶。重要的还在于，他们已经不存在了，我们只能通过经典来认识他们。经典就是我们穿行于各个高峰之间的索道，它也给我们提供一种评判自身和社会生活的标准。"可以说，临摹经典的传统技法，就是为我们的艺术树立一个规范，学习大师的伟大品格，就是为我们的人生确定一个坐标。

对于传统，光靠热情洋溢的宣传和满怀信心的呐喊，或是不断重复"批判地继承"、"创造性地转换"之类虽然正确却相当空泛的口号是解决不了问题的，关键是付诸脚踏实地的行动。这里，我们需要明确，研究大师及其经典不是从文本到文本的转述，而是将历史与现实、艺术与生活贯通，如此，才能真正地师承和发展传统。我们更需要明确，大师及其经典不是我们进艺修身的目的地，而是我们进艺修身的路标。

二、关于山水画的临摹

山水画的学习，离不开临摹、写生、创作这三个环节。学习传统，先学临摹。临摹是学习山水画的第一步，也是我们学习和掌握中国画语言获取山水画技法的最基本的手段。写生是消化这些技法，使它们能够用来传达我们自己的感受。创作是运用掌握的语言系统重新组成自己理想的画境。

1. 临摹的态度

山水画，经历代画家苦心求索，不仅在笔墨、章法上有一套完整的经验，而且表现手法之丰富也是无与伦比的，这是我们的宝贵财富。所以，潘天寿说："笔墨技法，既然是我们民族绘画艺术的特点，这种技法，既然是多少年代，多少画家的创作经验积累起来的，因此我们就须重视它、整理它，将它继承下来。"而继承笔墨技法的有效途径就是临摹。临摹有两种态度，一种是被动的，一种是主动的。被动的临是只求形状位置的相像，这样的临摹徒有虚壳，不见精神。主动的临是既要研究范本的技法，又要领悟范本的精神。解读技法既要分析出用笔用墨的浓淡枯湿的组合程序，又要理解运笔规律。临摹不仅是摹形，更重要的是明理。

2. 写生与临摹

写生与临摹有所不同。临摹的过程是了解掌握传

统绘画语言的过程。通过临摹前辈大师的基础技法，来研究这些基础技法是如何组合，并表达出画家的情感世界的。而写生则要求画家面对自然，进行取舍组织。写生与临摹又有所联系。古人画本都是从写生中来，我们进行哪一阶段的临摹就要配合哪一阶段的写生，从临摹中学到技法之后，需要到自然中去印证、理解和消化。临摹是对画理、画法进行了解的过程，写生是对自然物象的理法进行研究的过程。二者相辅相成，殊途同归。

3．临摹的方法

（1）选

古人说，法乎其上，仅得其中；法乎其中，仅得

庐山高图　沈周

葛稚川移居图　王蒙

富春山居图 黄公望

其下。意思是说范本一定要选好。选范本起点高，日后才不会受累。若染上格调低、笔墨俗等坏习气后，想改就难了。临摹要选择名家范本。范本最好是原作，但不易找到。范本要求风格严谨，笔路清晰，可从宋画入手，如李成、范宽、郭熙、董源、巨然、李唐等人的作品，或者一些佚名的册页、团扇都可以作为我们的范本。"元四家"、"明四家"、石涛、龚贤等人的作品，也是我们进一步认识笔墨的好范本。

（2）读

王原祁说："临画不如看画。"读画是临画的第

一步。临的不到位，是因为看得不深，理解得不够。先读画，用脑子过一遍，不能只是机械地临。动手之前，应该认真研究、解析范本。读，包括读人读画两方面。读人，临某一家之前，要立个案头，对画家的艺术生平、艺术思想等背景有一个比较深入的了解，这不但有助于临摹范本的技法，也有助于领会画家的艺术精神。读画，就是推测范本的工具材料、解析范本的笔墨技法。一部分一部分地研究，找出表现手法的规律。读画，要落到一个"想"字上面，只有多想才能有所领会，有所收益。

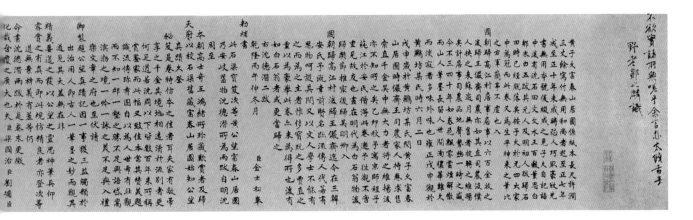

（3）临

由局部到整幅。局部研究是最具效果的攻坚战。选择典型的局部多次临摹，直到领会范本的精神。除了临有规律的，更重要的是发现并表现出微妙之处，如果微妙的没有临出来，不是成功的学习。因为去掉微妙，剩下的就是简单了。由形似到神似。临，有"笔临"、"意临"两种。笔临力求形体与效果尽量和范本接近。意临，不求酷似，只求意会。临画，在范本整体的感觉上着眼，不必拘泥于一点一线的像，尽量追求范本的那种感觉。由专一到博

取。先深入学习一家作品，反复深入临摹直到掌握山水画的基本规律、基本技巧，然后再临摹各家作品。每一家的笔路不同，临每一家，要抓住每一家的笔路。

（4）默

凭借记忆追摹范本的形象与笔墨，这是对所学的最好检验。默写不仅可以学到范本的笔墨技巧，还可以将画家的审美观发扬，用其技巧布景造境。

三、解析名作

1. 范宽《溪山行旅图》

（1）内容简介

《溪山行旅图》是范宽的代表作品，大约完成于公元1000年。此图绢本墨笔，纵206.3厘米，横103.3厘米。《溪山行旅图》采用全景式构图，远景巨峰迎面矗立，占据画幅大半，使原本平易之境顿显绝妙，生发出一种凝重壮伟、夺人魂魄的非凡力量。刀削壁立的山岩顶部，置有密林。遥遥望去，林木显得非常渺小，反衬出山峦被云霭锁腰的高峻巍然之貌。山顶凹处的岩隙之间，飞瀑如练，直落千仞。近景冈丘起伏，

溪山行旅图　范宽

林木蓊郁，涧流清浅，巨石沉重。茂树之巅，楼阁隐约可见。山脚之下，一队驮马匆匆而来。人物虽小，却巧妙地点题，给画面增添了无限生机。此图是范宽的代表作品，历来被名家所推崇。顾复《平生壮观》评："山头直上，而接于水涯。不作琐碎断续之状，俯视但一气焉。树石简略，设色深沉，真大手也。谛视此本，则举世所谓宽者，不足记也。"徐邦达评："此图绢本，墨笔画，浓重粗壮，气象雄伟。"徐悲鸿更是推崇，他说："中国所有之宝，故宫有其二：吾所最倾倒者，则为范中立《溪山行旅图》。大气磅礴，沉雄高古，诚辟易万人之作。此幅既系巨帧，而一山头，几占全幅面积之二，章法突兀，使人咋舌！全幅整写，无一败笔。北宋人治艺之精，真令人拜倒。"

（2）技法解析

树法：《溪山行旅图》中山冈之上有丛树掩映，主峰之顶有密林覆盖。峻峰茂林，浑厚华滋。近景基本上是由各种不同的夹叶树组成。树干粗壮，盘根错节，枝桠参差，生动地表现出生长在坚硬的岩石表层饱经风霜的老树的自然生态。画夹叶树，先用重线勾勒枝干，笔法与勾勒山石相似，讲求顿挫转折，笔虽断而筋相连。然后用淡笔加皴，皴笔与画山石相同，只是用墨偏淡。勾勒树叶时笔笔到位，但不是谨勾细描，而是讲究书写味道。整个树冠外形严谨，但是内部的每一组叶，每一瓣叶则用笔松活，所谓外紧内松。正如郭若虚《图画见闻志》所言："范画林木，或侧或欹形如偃盖，别是一种风规，但未见画松柏耳。"点叶树，先立干，再出枝，后点叶。点叶以花形点的结构方式，沿着中枝进行点叶，聚散、疏密相宜。点叶树虽处于远景位置，形象也比前景之杂树小，但因其一笔一墨交代清楚，加上树后是云气飘渺的空白，倒也衬出一种爽朗俊秀气象。此图山顶密林，黑沉沉一片压在山头之上，增加了画面的重量感。小树单组点成花状，水墨饱满。几个单组花形点攒簇成一小组，在几个小组之间加点又联接成一大组，这样，画出来的丛树才会结构清晰，密而不乱。

石法：先用中锋浓墨勾勒山石轮廓、结构，线条刚健沉着，严谨而富于变化，用笔多提按转折，起落分明。笔线全部由短笔组成，断笔虽多，但整体还是给人感觉气势连贯，而且生动有致，正所谓笔断而意连。勾勒之后加皴擦以求山石形质俱丰。此图皴笔以豆瓣皴、雨点皴为主，也融进了一些条子皴。皴笔在形态上有长短、大小、方圆的变化，在墨色上也有干湿、虚实、浓淡的变化。皴擦时，一般从山石的暗部开始，并沿着山石的结构延伸，笔到而体现，形转则笔随。蘸一笔墨，连续用笔，笔笔相生相应，这样，画出来的一片皴笔自然形成由浓到淡、由实到虚的各

种变化。错落递加、反复皴点，山石既朴厚凝重，又有透气感。山的画法与石的画法相同，也是用中锋浓墨勾勒出山体轮廓、脉络，山脉走势有虚有实，实者用线勾勒出来，一目了然。虚者，不须勾勒明确，通过皴染让人感觉到即可。皴擦时皴笔或由上向下依次延续，或由下向上渐次延伸，两种皴笔相连而成体块。皴笔笔笔到位，笔笔有力，视觉冲击力很强。范宽以浓墨皴擦点画，不加晕染，从而形成了正如黄宾虹先生所指出的"昏黑中层层深厚"的艺术效果。

水法：《溪山行旅图》中飞瀑悬垂，溪流潺湲，为画面注入无限生机。画瀑布用留白法，以两侧山峰汇合处之重色，衬托出瀑水来。瀑水以长线画出，垂直而下，突出了山峰的宽博与雄壮。溪流水口，先画石头，留出空白以显水流。用线勾勒出水流方向、转折及落差，用笔条理清晰，庄重自然。溪水依石流转，为全幅增添无限活力。

建筑法：《溪山行旅图》中建筑形体不大，隐于高树茂叶之后。建筑物的屋脊、飞檐、斗拱、柱子、栏杆、山墙，都依稀可见。亭台结构严谨，用笔端正沉稳，讲究书写意味。

人物法：《溪山行旅图》中，山路上一列行旅，前一人包头巾，蓄胡须，袒胸露肩，执鞭回望，跨步疾行。后面跟着四匹驴子，背上驮货物，踏着沉重的步伐，低头抻脖，依序跟来。殿后一人，一手持鞭，一手执物，背着装杂物的肩架，催促驴子前进。山冈树后还有一位担夫，正在赶路。点景人物，形象虽小，但用笔简略而能传神。

（3）临摹提示

仔细阅读范本，尽量理解作品中的形体结构、组织规律及笔墨规律；选用不太渗化的纸为宜，或用绢；用笔时水分要饱满，特别是在山石勾勒和画夹叶树时；临写过程，既不可草率，又不可拘谨。

2. 郭熙《早春图》

（1）内容简介

《早春图》，绢本，浅设色，纵108.1厘米，横158.3厘米。山谷间雾气浮动，树梢上嫩叶舒发。严冬已过，春到人间。群峰竞秀，溪水奔流。茂林楼阁，舟楫行旅。

（2）技法解析

树法：枯树，先立干，再出枝，前后左右，出枝要有条理。皴擦，依树皮表面凹凸而作，要注意笔中水分含量，皴笔要参差错落。渲染，要根据树的结构，一般笔中含水分较多，一次或多次完成。鹿角树，先勾树形，再加渲染。出枝，下笔要从容，顺长势写出，忌谨描细勾，用笔呆板无生气。蟹爪树，先勾树形，

再加皴染。出枝时，运笔要慢，放松手腕，心随笔转，顺势写出。用笔要松，略带"回锋"之意。点叶树，先画枝干，再加点叶，点要三五成组，一组一组点，以树干为中心，抱紧树身，内紧外疏。下笔时须藏锋，以笔端注于绢上，参差落点。水分须饱满，下笔要沉着。丛树，依山势而生，树根要交代清楚，树木高低错落，远近掩映。下笔意在"用水"，墨气淋漓，清亮而有早春烟树的感觉。松树，先勾干，再加皴，再画细枝勾松针。勾干以中锋为主，略带侧锋。松干加皴，依结构而作。松针，数十笔为一组，抱紧树枝，每组之间排列，有疏密变化，忌排列均匀。

山石法：先勾山石的结构，中锋运笔，圆中带方。加皴，皴擦并用，干、湿、浓、淡，一气呵成。笔与笔之间互相交搭，参差错落。皴擦中兼有破墨法，妙在用水，以浓破淡，以淡破浓，皴笔上紧下松，虚虚实实，依结构皴擦、渲染，复加几遍完成。

水法：画瀑布，水口要收紧，上小下大，有喷射之意。蘸墨要饱满，落笔须大胆。画泉水，用笔要灵动。

建筑法：结构须严谨，中锋用笔，沉着平行，笔要提按。

人物法：远景人物要抓住动态，以中锋写成。

早春图　郭熙

（3）临摹提示

尽量找与范本相近的材料，可以用绢、熟宣或半生熟的宣纸；毛笔选用中、小山水笔为佳；此图结构严谨，法度森严，须用心体会，先是"心领"，后是"手追"，反复临习，熟能生巧；墨色要掌握适当，墨气清亮，才有"春山早见气如蒸"的意境；用笔要写意，忌谨勾细描。落笔从容，顺势写出，忌依样画葫芦，呆板无生气。

3. 李唐《万壑松风图》

（1）内容简介

李唐，字晞古，河阳三城（今河南孟县）人。山水初师李思训、荆浩、范宽，尤近于范，后自变一格。此图作于宣和甲辰，为李唐晚年所作，构图、笔墨、设色均精妙。现藏于台北故宫博物院。《万壑松风图》用三拼绢绘成。浅设色。纵188.71厘米，横139.8厘米。此图峰峦盘郁，山石巉屼，景致雄壮，气势夺人。近景古松满谷，松涛震天。深谷中泉水喷激，迂回冲荡。山腰间松木迤逦，葱翠万重。山隙间，飞瀑直下，生气蓬勃。远景主峰肃穆，气势端重。

（2）技法解析

树法：松树丛紧密沉重，或三株两株，或四株五株，交叉穿插，错落有致。画法，用中锋勾出枝干，干节以焦墨点出，周围淡墨空过，阴面勾松鳞，根多盘曲外露，松针则用浓墨细笔勾出，攒聚成片，复用水墨染，显得浓密苍郁，与深墨的山石相映，虽浓淡变化不大，但利用明亮的枝和干，表现出长松迎风荡谷的姿态和前后间的层次。远树画法，用挺拔的直线勾干，注意长短、疏密，松针呈横笔拖线状，起笔略按下去，出锋爽利。远树要注意树梢与树根的排列。树梢的外轮廓线，须高低不平。画树根须参差不齐，低的在前，高的在后，以表示不同的空间位置。画叶的笔画之间要参差交叠，富于变化，不能整齐排列。

山石法：先用中锋浓墨勾勒出山石的轮廓和结构，干笔侧锋沿结构边缘向下硬刮，出笔重，收笔轻，取其枯毛之趣。皴时融合北宋诸"硬笔"技巧，发挥了多姿多彩的皴研美。皴法有短条子皴、乱刀皴、雨点皴和小斧劈皴，以小斧劈皴为主，充分地表现出了山石的质感和量感。山石的凹处则在皴的基础上，用干笔浓墨刮擦，显得深沉浓黑。最后用淡墨笼染，使整幅墨色和谐统一，凹凸分明。

水口法：水口有悬瀑、有溪流。全图中山腰间的瀑布有四处，用中锋勾勒，行笔须灵活而迅猛，显示瀑布的势头，两侧以墨色渲染衬托。山脚下的溪流全用中锋勾勒，笔线丰满爽利，注意溪流中乱石散置，水流分开，形式多样，切忌雷同。须"乱而不乱，齐而不齐"。

万壑松风图　李唐

云法：云烟借实显虚，以山石的皴擦、烘染，松林的繁密，衬托出云烟，不着一笔，烟云自生。注意云块的大小、动势、形态及呼应。

（3）临摹提示

选用不太渗化的宣纸为宜，或用绢；认真阅读范本，心领神会，下笔落墨才能生动自然；反复临习，认真体会，逐渐精练笔墨语言。

四、简介画论

郎绍君在《非学校教育》中说："传统画论是在总结作画体会、写作画史、收藏著录、课徒传授和品位鉴赏过程中产生的。晋代以降，有思想力和鉴赏力的中国的士人逐渐成为画坛主将，所以中国的书法、画论极为发达（在古代世界艺术史上，可以说最丰富）。就内容而言，传统画论可分为理论、品鉴和画法三大部分，分别联系着中国思想史、中国人的艺术趣味和中国艺术的技巧系统。"因此，我们在研究历代经典作品的同时，还要研究历代经典画论。只有真正地理解中国画论，才能够真正理解与把握中国绘画，进而获得发扬光大它的资格与能力。

1. 郭熙、郭思著《林泉高致集》

郭熙，字淳夫，河南温县人。官至翰林待诏直长。

擅画山水，师五代李成，自成一家，深得宋神宗恩宠，有"评为天下第一"之说。郭思，郭熙之子，字得之。神宗元丰五年进士。《林泉高致集》是中国画论史上第一部系统、完整地探讨山水画创作的专门论著，不仅是对以往山水画创作实践经验的全面总结，同时也代表了著者当时的山水画的最高理论水准。《林泉高致集》共六篇，即《山水训》、《画意》、《画诀》、《画题》、《画格拾遗》、《画记》。前四篇由郭熙阐述郭思整理，后两篇郭思记述其父的创作和有关活动。俞剑华《中国画论类编》评曰："其《山水训》、《画诀》两篇，所论至为精到。北宋以前，言画法之书，今传者多不足信。此编绝非伪托，是以可贵。"《林泉高致集》都是画家的切身体会，概括起来有以下几点：一，主张绘画必须"注精以一之"，"神与俱成之"，"严重以肃之"，"恪勤以周之"。二，强调画家必须加强主观的修养，所谓"人须养得胸中宽快，意思悦适，如所谓易直子谅油然之心生，则人之笑啼情状，物之尖斜偃侧，自然布列于心中，不觉见之于笔下"。三，提出"三远论"，即："自山下而仰山巅谓之高远，自山前而窥山后谓之深远，自近山而望远山谓之平远。高远之色清明，深远之色重晦，平远之色有明有晦。高远之势突兀，深远之意重叠，平远之意冲融而缥缥缈缈。"四，提出绘画用笔用墨八法，即："淡墨重叠旋旋而取之谓之斡淡，以锐笔横卧惹惹而取之谓之皴擦，以水墨再三而淋之谓之渲，以水墨滚同而泽之谓之刷，以笔头直往而指之谓之捽，以笔头特下而指之谓之擢，以笔端而注之谓之点……以笔引而去之谓之画。"五，认为山水画表达的是一种人对林泉之乐向往的意蕴，使人获得一种可游可居的审美感受。

2．韩拙著《山水纯全集》

韩拙，字纯全，号琴堂，河南南阳人。宋徽宗宣和年间授翰林书艺局祗候，累迁为直长秘书待诏，在画院地位可比郭熙。韩拙在肯定郭熙"三远"的前提下又提出另一种"三远"，即"有山根边岸，水波亘望而遥，谓之阔远；有野霞暝漠，野水隔而仿佛不见者，谓之迷远；景物至绝而微茫缥缈者，谓之幽远。"不过，郭熙"三远"是对山水画取景构图的高度概括，韩拙"三远"只是对三种具体情景的规定，不具普遍性。韩拙接受郭若虚《图画见闻志》用笔"三病"之论，又提第四病之说。又提出"画有八格"，即："石老而润，水净而明，山要崔嵬，泉宜洒落，云烟出没，野径迂回，松偃龙蛇，竹藏风雨。"韩拙也注重笔墨技法以及山水各种景致具体刻画等问题，所以对山、林、石、云霞、烟霭、风光、雨雪、人物、桥杓、关城、寺观、山居、舟车各自的位置、布局、含义以及

四时之景的变化和特点，都有详细论述。《山水纯全集》有画家自己的经验总结，更多的是对前人成功的综合，其主导倾向是重规矩，重法度。

3．饶自然著《绘宗十二忌》

饶自然，宋元间人。生平未见著录。《绘宗十二忌》把山水画中存在的问题按十二个方面加以归纳，并逐一论述，可以视为一部关于山水画技法的专著。饶自然指出：绘画的第一步是构思，构思需神闲意定，意态洒脱。绘画过程中，各种景致要区别远近，表达适宜。各种景致之间要气脉连贯，相互照应。画水要活。立意要远。用墨浓淡之法，远近透视之理，高低界划之矩，都须讲究。

4．黄公望著《写山水诀》

黄公望，江苏常熟人，字子久，号一峰、大痴道人。擅画山水，自成一家。画格有二：一作浅绛，笔势雄伟；一作水墨，笔墨简远。撰《写山水诀》，可谓是对前人画山水的总结，也是画家自己山水画创作的经验之谈。该书凡三十二则，言简意赅，论述精辟。如山水树石的笔墨着色、章法布局、风格气韵及绢的矾法，都有扼要论述，对明清山水画创作和理论影响颇远，为后世所重。

5．唐志契著《绘事微言》

唐志契，江苏扬州人，字玄生，耽于绘事，自谓得趣很深。《绘事微言》共四卷，后三卷抄录前人所论，惟第一卷为自己所撰，共五十一则，各有标题。主要论画理、画法，其所论临摹、枯树、点苔和用笔、用墨、气韵等，多有独到之处，颇为精当。如："佛道、人物，牛马，则今不如古；山水、林木、花石，则古不如今。"又说："作画以气韵为本，读书为先。"

6．钱杜著《松壶画忆》

钱杜，字叔美，号松壶，浙江钱塘（今杭州）人。性好游，善山水。著《松壶画忆》二卷，上卷论画法，下卷记其生平所见名迹，并加以评论。提出"下笔须先定意见"、"心手并运"，学古人应求古人作品之"神意"、"神韵"，不应一意"取形似"。

7．沈宗骞著《芥舟学画编》

沈宗骞，字熙远，号芥舟，浙江乌程（今湖州）人。擅书画，书法二王，画兼山水人物，功力深厚。著《芥舟学画编》，是其潜心画学三十年所得之研究成果，是清代最重要的画论著作之一。《芥舟学画编》共四卷，卷一、卷二论山水，皆有得之言，新义屡见；

卷三论传神、写真之秘，悉被揭示；卷四为人物、笔墨绢素、设色琐论等三种，系通论一切画法。其指斥俗学，推赞雅正，尤为精湛。他指出："画俗约有五，曰格俗、韵俗、气俗、笔俗、图俗。其人既不喜临摹古人，又不能自出精意，平铺直叙，千篇一律者，谓之格俗；纯用水墨渲染，仅见片白片墨，无从寻其笔墨之趣者，谓之韵俗；格局无异于人，而笔墨窒滞、墨气昏暗，谓之气俗；狃于俗师指授，不识古人用笔之道，或燥笔如绷，或呆笔如刷，本自平庸无奇，而故欲出奇以骇俗，或妄生圭角故作狂态者，谓之笔俗；非古贤事迹及风雅名目，专取诙颂繁华与一切不入诗料之事者，谓之图俗。"他认为"能去此五俗，而后可几于雅矣"。"雅之大略有五：古淡天真、不著一点色相者，高雅也；布局有法，行笔有本，变化之至而不离乎矩矱者，典雅也；平原疏木，远岫寒沙，隐隐遥岑，盈盈秋水，笔墨无多，愈玩之而愈无穷者，隽雅也；神恬气静，使人顿消其躁妄之气者，和雅也；能集前古各家之长而自成一种风度，且不失名贵卷轴之气者，大雅也。"他强调不"去俗"就不可"就雅"，并进而提出"五不可以作画"："汩没天真者，不可以作画；外慕纷华者，不可以作画；驰逐声利者，不可以作画；与世迎合者，不可以作画；志气隳下者，不可以作画。"因为此数者，"皆沉没于俗而绝意于雅者也。"

第二节 关于写生

一、师古人与师造化

师古人，如果画家没有真正意义上的理解传统，没有认真深入地钻研遗产，缺乏正确理解民族绘画传统中的创造方法，那么只能是枝枝节节地剽取某些技法，造成脆弱、表面、简单、画面苍白无力、形式与内容不符等问题。师造化，如果画家面对活生生的自然无动于衷，没有感受，不懂如何真实地描写对象，徘徊于原有技法与真实对象的矛盾上，那么创作只能是用其熟练的程式硬套生活。中国画的创作落脚点基于自然，学习传统是借古人之眼看自然，不是徒临其表迹，而要深入其心，取法古人更要取法自然。笔墨结构的抽象，意象与无象，不是简单的戏耍，不要生活，而是需要对生活做更细致、更精微、更为深入的观察、揣摩、品味、体验，抓住其最能直接反映事物本质特征的东西将其强调、深化、情化、趣化、神化，同时进行抽象概括和形式概括来构建主体审美与客体物象在"神"上相对一致的笔墨结构。

社会的发展，推动和决定着绘画的发展，然而绘画还有它自身的传统，有它发展的历史继承性，这是

层岩丛树图　巨然

绘画发展的自身规律，前代的绘画又总是给后代绘画以巨大的影响，这样绘画的发展便有了自己的传统。其实传统本身就该不断发展、变化，学习传统遗产是一种手段，继承借鉴的目的是为了创造、发展。综观历代名家，没有不是博学诸家而独抒己见的，他们既有深厚的传统功力，又有与众不同的面目，他们在学习传统精华，在深入生活，描写生活中灵活运用传统，发展传统。如白石老人在认真研究继承传统的基础上再根据自己作品内容的实际需要加以发挥，主张"用自家之笔写自家之山水"，白石从极端崇拜徐渭、朱耷、石涛等人逐步认识到"深耻临摹夸世人"，决心"删去临摹手一双"，最后发展到力主"我行我道，不为宗派所拘"。

师古人之迹，更应师古人之心，对传统的理解应深入其内层，不应停留在表面，取法古人更要取法自然，"古人未立法之前不知何为古法"。从生活中寻求与自己内心相契合的东西，从丰富的大自然中体验古人没有体验过的你自己体验的自然之法，用生命真心流淌出的语言表达出来。这种语言是随对象不同而有不同的体验，绝不应该是一种熟练的套路与公式。心灵既然是自由的，就没有必要用多种"规范"将它来束缚。

画家重视笔墨，熟识笔墨性能，掌握笔墨的表现上的特点，这只能说是为了保证画家在使用工具运用技法上能够克服一般的困难，而达到把自己对生活的感受、创作的意图，透过艺术形象更好地表现出来。一幅作品其所以能使人看后感动并不在于孤立的笔墨，主要在于运用了笔墨所创造出来的真实的生动的形象，这个形象也就是作者对于现实生活的体验与解释。如唐宋的山水画是取自自然的景物，再经过艺术的概括加工而来的。我们可以从作品分析出因作者所住的地方不同，所表现的景物不同，笔法也就因之而异。可后学者不求其源，画石只说某家用"披麻皴"，某家用"折带皴"，而不去考察"披麻皴"、"折带皴"原是古人体会山石纹路的表现方法，画树只说某树叶名"介字点"，某树叶名"鼠足点"，对于介字、鼠足原是描写何种自然树叶的姿态也不去研究。在写生创作中已成定型的审美观念，与活泼的眼前景物相矛盾，后果只能用熟练的皴法硬套生活，只知道用符号堆砌，不研究笔墨的基础是有所来源的，写生的结果，只能是和现实对象有很大距离。

任何名家都不可能脱离传统，但他们能面对自然画自我的感受，如石涛山水画的造型、构图常常是十分奇突，前无古人，令人感到意外的妙，这种意外便在于为前人程式中未见，只能在无比丰富的大自然中能灵眼觑见，并以灵手捉住。石涛主张师法自然，主

春山游骑图　巨然

山水图　刘度

山水图　刘度

张"搜尽奇峰打草稿",尊重自己从生活中获得的感受。"我之为我自有我在,古之须眉不能生在我这面目,古之肺腑不能安入我之腹肠,我自发我之肺腑,揭我之须眉,纵有时触到某家,是某家就我也,非我古为某家子民,天然授之也。"(清·原济《石涛画语录·变化章第三》)石涛对待前人,做到了师古人之心,且不受古法束缚,完全根据表现自然的需要,灵活变通使用各种技法。

二、写生的意义

在中国传统绘画领域中,山水画占有重要的位置。它自隋、唐、五代开始,历经宋元明清,到近现代,形成了非常完备的山水画体系,出现了众多具有鲜明代表性的经典作品和山水画家,值得后学者去学习、研究、承传。这些画家把客观自然景物和人的主观感受融铸于艺术创作中,状物抒情,"物我交融",从而达到"天人合一"的精神境界。

优秀作品的产生要反映时代的风貌,在借鉴、研究传统经典作品的同时,还在于自己对客观事物的感受,得到艺术的升华,画家对自然生活要有深刻的认识和刻苦的实践,才能创造出个性化的艺术风格。这从历代大师作品中都可以得见。

我们熟知的黄宾虹、齐白石、傅抱石、潘天寿、李可染、贾又福等诸位先生都是师"传统"、师"造化"、读书行路中的成功典范。黄宾虹先生早期研习传统,中期主要深入到山川自然当中师法造化,为他晚年变法成为山水画大师奠定了坚实的基础。他一生遍游祖国名山大川,九上黄山,五登九华,四上岱岳等诸多名胜,总结出作为一个山水画家从观察自然到挥毫作画、表现自然要分四个过程,一是"登山临水",这是画家第一步。接触自然,作全面的观察体验。二是"坐望苦不足",则是深入细致地看,即与山川交朋友,以拜山川为老师,要在心里自自然然,与山川有着不忍分离的感情。三是"山水我所有",这不只是拜天地为师,还要画家心占天地,得其环中,发山川之精微。四是"三思而后行",所谓三思,一是作画之前的所思,此即是构图,二是笔笔有所思,此即笔不妄下,三是边画边思,此三思也包含着"中得心源"的意思。此四种缺一不可的,由此可以看出艺术家深入生活、观察体悟自然实践,要把全部身心都投入进去,这样的作品才能表现出浓郁的生活气息,才能深深地感染和打动观赏者,才能流传后世,经久不衰。

三、写生的要求

在山水画教学中,根据学生不同时期,提出不同的学习要求,而这些进度和要求直接影响学生们的学习成绩。写生课进度安排是在学习传统笔墨语言技法基础上，走出课堂深入到自然中去，观察体验并发现新的美。中央美院国画系和中国美院国画专业对写生课程的教学安排比较重视，取得的成绩相对比较突出。

中央美院国画系李可染先生开创了中国山水画写生的新纪元。国画系的山水写生课一直是沿着李可染先生写生的路子进行教学。由此确立了中央美院国画系独特的山水画写生教学。对于写生教学，贾又福老师有深刻的理解和体悟。他在长期积累教学经验的基础上，对山水画创作教学规律进行深入研究，逐步发展成为具有新的时代特色的诸多独到之处的教学方法和理论体系。他要求学生在写生课上的观察方法要有所改变，从感情深处贴近生活、贴近大自然，尽最大可能细心入微地渗淡经营，精心刻画，巧妙处理，强调个性化的写生和提高艺术品位，并且不惜花费两天甚至三天的苦功、慢功，尽可能最大限度地调动全部智慧、情感因素和全部技能，完成一幅不同于他人的个性化的艺术性较强的生活气息鲜活的写生作品。他的教学指导思想，使学生在写生课中得到全方位综合的训练。

四、写生的形式

写生的形式有多种：水墨写生，记忆写生（也称"目识心记"），速写等。

在写生课教学中，水墨写生相对比较适合对景写生，它是在学习传统山水画，对笔墨语言有一定了解、认识的基础上，运用笔墨宣纸面对自然现场进行。写生实践课比较注重笔墨能力的训练，培养学生寻找感受深刻的山水物象进行绘画表达的方式，这种方式既不是古人的，又不同于别人的，而是属于自己的真情实感，并把这种感受准确地描绘出来的同时创新的笔墨语言。

孙世昌　作

华山仙掌图　谢时臣

付晓东 作

付晓东 作

1．对景水墨写生

对景水墨写生是学生通过接触自然，提炼笔墨的重要过程，要求学生选择好自己喜欢的景物，在相对较长的时间里去体会、分析、观察并较为准确地画出生活气息浓郁的山水写生作品。

著名山水画家李可染先生多次下江南，以水墨对景写生。他主张在写生中并不是单纯的对景物的描绘摹拟，而是需要主观提炼加工，写生不能提倡自然主义，作自然的奴隶。要有所创造，要有意境，有灵魂，是客观事物的精神的集中，加上人的思想感情的陶铸，达到情景交融美的境界，足见其对景写生的重要性。它不仅是对景的单纯写生，而且是精神境界的追求。

中央美术学院贾又福老师山水工作室写生作业要求学生不惜花费两三天的时间去完成，所有问题都是在现场解决，不带回宿舍盲目深化。这才有充分的时间去思考、选择、表现，寻找问题，解决问题，敢于试验、不怕画坏，反复思考、总结经验，患得患失惨淡经营，用理性手段实现感性理想。也只有这样，才能磨炼坚强的意志和沉静的耐心，把掌握的规律和原理转化为潜在的心性和直觉，才能有时间准确地抓住自己内心最真实的感受，提炼和深化"第一感觉"并将其贯穿始终，给予写生作品最充分的表现。

2．记忆写生

在山水画的写生方式中也是很重要的。在生活中，我们看到喜欢的东西时，想用手去接触，摸一摸，增强对它的印象。在自然山水当中，因某一场景对你产生强烈的刺激，很有吸引力，都会加深人们对它的印象的记忆。中国画讲"成竹在胸"，是凭借对物象的记忆感受去作画。"搜尽奇峰打草稿"，绝不是奇峰都有写生稿，而是取其神、得其意，把它蓄于胸中，展现出非凡的记忆能力。唐代画家吴道子曾奉皇帝旨意去嘉陵江写生，其结果游了数十日空手而归。皇帝向他要作品，他说臣无稿本，都记于胸中。凭其记忆，仅用一天的时间就将嘉陵江三百里的美景表现出来。著名山水画大师黄宾虹、傅抱石等都是凭借简单的速写记忆作画，搜集素材进行创作的典范。他们都是强调对生活美与不美的东西都做大胆的"取舍"剪裁，强调"游"、"记"、"写"的重要性，在行万里路，广览名山大川途中，山之真髓存于胸中。面对实景，只以极简略的线条用笔记录下景物的大致印象、走势，作大概的构图安排，不求形貌之具，但求山川之神，高度提炼、剪裁，而后闭目深思，强调主观印象，凭着对自然山川的精神领会，将其最精粹、鲜活的东西进行纯化和升华。

孙世昌　作

孙世昌　作

付晓东　作

五、写生的步骤

1. 立意构思

综观古今，山水画的学习主要是由学习传统和对大自然的领悟，写生实践就是领悟大自然中的山石、树木、云水、河流、花草等客观物象在自然状态下存在的景象，细心观察，感悟领会。石分三面，树分四枝，总结事物客观规律并遵重客观规律，做到"五岳储胸中，峥嵘出笔底"，意在笔先，笔在意后，立意是写生的关键。它反映出成败两境地，由于个人的学识修养，感受不同，构思中会有各不相同的意境营造。

东晋画家顾恺之提出"迁想"、"妙得"理论建树，挥笔运墨绘画时要通过"迁想"而凝想物象，画山川则予以山川神遇变化才能达到主客观"妙得"物象的神韵气质。

2. 经营位置

经营位置即构图，在立意构思的基础上进行惨淡经营。面对大千世界的繁乱而复杂的景物变化，黄宾虹先生讲对景作画要懂得"舍"字，近写物状要懂得"取"字。"舍取"不由人，"舍取"可由人，懂得此理，方可染翰挥毫。

每个人的感受不同，兴奋点也不同，产生的差别就不同。夸张什么，省略什么，都要有充分的思考，并作以全局的部署。宋代郭熙在《林泉高致集》中讲述观察自然体会时说："真山水之川谷，远望之以取其深；近游之以取其浅。真山水之岩石，远望之以取其势；近看之以取其质。"还提出三远法，即高远、深远、平远。在具体表现客观事物的形象时，把握其本质特征，就要独具慧眼，选取生活之美进行组织经营、巧妙安排，寻求与自己心灵相同的理想构图和表现手段。

3. 意匠加工

意匠加工也是写生时深入的过程，也是发挥自己主观能动性，不受客观景物的任何约束的过程。山、水、云、树、石、草都可以采取多种形式，可双勾也可以用没骨法，勾皴结合，这也称其为笔墨的设计。任何形式、任何局部的物象，都要服从于画面的整体需要，对精粹集中部要进行细致入微的刻画描绘，强调个性化的认识和感受，并注意总结规律。

4. 调整统一

在一幅对景水墨写生作品中，不仅要研究客观事物的具体表现方法，还要把握客观物象的精神，提高表现力。整体感受的好坏，直接影响到一幅作品的成败。在写生起稿到完成写生作品的描绘深入进程中，要不断地考虑整体，也就是考虑局部服从整体的关系。其笔墨关系、形象的宾主关系、远近位置关系、呼应关系，黑白、虚实、松紧、大小、藏与露等各种关系都要统一在作品当中，这样的写生作品才能经得起推敲，才能有诗情画意。

第三节　关于创作

一、绘画语言的剖析

1. 绘画语言的分解与重组

对于山水画临摹、写生来说，山水画创作的目的及意义就显得格外重要了。创作这一过程，便是通过自我对生活、对社会、对自己赖以生存的世界有所感悟、有所认识、有所愿望，表达自己的观点与看法的行为。就创作本身而言，精神思想的产生，心性的修养与感应，理性的思考与概括，以及视觉传达的转化，是复杂而又非理性的过程。至于提出绘画语言的分解与重组，究其原因，就是面对时代，面对人们，面对变化着的时代进程，我们服务于社会，服务于人们以及人们所经历着的社会变革，满足日益增长的物质文明下相应的精神文明因素。基于此，我们不得不重新审视我们专业所涉及到的文化背景及其构造作品的基本语言要素。而教学过程当中，学生随着时代的演进不断变化、更新。而他们的思想思维，变化更新的个体与个体之间就存在着这样或是那样的差异，这种差异，如若用其一样的模式，一样的要求，一样的创作动机给予他们，就不会满足他们。绘画语言的分解与重组，是站在历史的背景下与时代的交叉口上的新问题，是新的教学改革下完善教学的根本。洋为中用，古为今用，吸取精华，剔除糟粕，这些早已为我们熟知，然而，何为之"洋"，何又为之"中"；何为之"古"，何又为之"今"；何

杨大治　作

为之"精华"，何又为之"糟粕"。四字之语，虽是老生常谈，而怎样理解，怎样界定，却十分重要。姊妹艺术及其边缘学科、民间美术、西方美术以及西方现代美术是对我们所谓传统的有益补充，传统的内涵与外延需随时代变化而不断充实、更新。就创作而言，面对传统，面对今天所谓之的传统，"拿来主义"符合我们进行艺术创作活动的需要，面对"拿来"的"东西"，要根据作者的意图进行选择与留取。所以，"拿来"什么本身并不重要，重要的是我们需要知道这当中哪些是我们所需要的。

(1) 绘画语言的分解

抽象于画面本身，游离于物象之外，无论是其形象，还是形态，我们依然清楚地看到点、线、面、体，这几种抽象因素也便是最基本的视觉传达语言要素。点以及点之扩展开来生发成各种以点为根基的因素（我们称之为点向结构），独立地存在于画面整体与局部之间，宏观与微观之中。同样，线以及线向结构，面以及面向结构，体以及体向结构，亦以其自身形式、特点而独立存在着。不但如此，它们还相互作用，相互联系，交织在一起，融为一体，而后形成为点、线、面、体，以及点向结构、线向结构、面向结构、体向结构综合复杂的多元结构（我们称之为综合因素结构）。其中，还要提及一个因素，便是"色"的因素，没有与之前几个因素放在一起，或许是因为"色"的因素直接呈现在我们眼前，主宰着视觉传达下的作品本身。另外，还涉及到声音、光等因素，不过，这些并没有直接介入到其作品之中，但不可忽视其存在的作用及其意义。环境因素直接影响着主体部分本身存在的状态。如在《二泉映月》乐曲声中观赏我国唐宋明清的山水画，会是怎样的情境？而在同一乐曲声中，观看印象派大师的油画作品，可能有好的结果吗？点、线、面、体、色、声、光等诸多因素，是作品游离抽象出来的诸多因素，而我们并非简单地认为将其组装而成即为作品，分解之中，关联之因素，及其有机之组合因素，需要我们在深度理解中不断探求。以色彩为主的油画专业、水彩专业，实践中必然会涉及到其他方面，但是"色"毕竟是他们专业的生命，语言方面的指向必然是其色彩。而雕塑把其中的空间——"体"作为驾驭作品本身的灵魂，或许涉及其他，但必然是其从属因素。就中国画而言，有人说，"线"是专业基本语言，而又有黑白之说（黑白属色彩之中无颜色系统），究竟什么是本体语言，而山水画又存在着何种语境？一些人推崇复古，因循守旧，一些人崇尚拿来，为我所用，尽信其言，不如之不信，不能光想着打破祖宗留下来的规矩，也不是跟着别

杨大治　作

杨大治　作

梦系山魂　罗利

人赶时髦，而是采取一种中肯的态度，继承传接与发展，进而提出绘画语言的分解与重组，是站在发展的角度，站在多元化、各种综合的形势条件下，采取一种主动、积极、研究的方式去接纳融合，发展专业。全方位，多角度，去分析、总结绘画语言，提出自己的角度、方向，进行打散组合。像做菜吃饭一样，口味、作料不能一样，而于学生，培养他们的创造能力，是教学目的及其意义所在。如若都像其老师一样，势必就不存在创造了，三流的创造胜过一流的摹仿，而创造本身，就存在着个性，存在着差异。创造也同样制约着不一致这一点。在分解过程当中，选择，是极其重要的，华丽的辞藻，不能准确说明一件具有一定意义的事件或是事物，还有其何用，而于之学生，他们不是不想创造，不是不想去表达什么，而是缺乏表达与创造的能力而引导的老师，大多指导他们技术技能训练，过于深刻一点的精神内涵，一概抛弃了，即使讲了学生也听不懂，姑且不讲罢了。总之，学生几乎快把授课教师的基础技法当成最终的奋斗目标，而这对于教学目的正是大大背离了的。走向创造思维的开发，走向创造能力的培养，就要让学生从基本做起，从正视自己做起，从形成画面作品的语素开始。知难而进，无多有少，循序渐进，再循序渐进，可谓，学习，学习，再学习。

（2）绘画语言的重组

绘画语言的分解，是更好地了解、认知绘画语言的形态、各种复杂的联系、以及相互的作用。而绘画语言的重组，是在更好地掌握、运用语言的前提和保证下，更好地组织语言，从而有效地为我们的创作服务。打散的抽象语言因素，需要从实际出发，从专业角度出发，从我们单独个体的知识认知程度出发，从内心所向的视觉语言传达出发，整合所有有利因素，进行分解重组。当然，这期间各种因素必定是个体而独立存在的，抽取哪一部分，抽取什么，从个体选择，提取点、线、面、体、色、光、声等因素，及与之相适应的点向结构、线向结构、面向结构以至于综合而形成的复杂结构。个性化的选择，搭配，并置，组合，使其有个性化的情境与面貌，加之感性与理性矛盾统一，便会有以其思想为根基的作品产生出来。而我们选择的并非一致，思想意识也不尽相同，经过创作，便会有其不一样的面貌。至少，这是一个良性的开始，对于画面本身，开始独立思考，另辟蹊径地开始主宰自己的画面了。这一结构因素并非如想象之简单，语言是要表达语

山村　董珩

意的，只是元素，或是简单的形式，不能构成完整意义上的语言。所以在搭配、组合的同时，进行深刻、本质的表达，是语言重组的一个重要目的。初看起来简单，而面对实际问题的时候，这层纸可不大容易被捅破。不是胡子、眉毛一把抓，就是看不到深度，看不出问题。不是整体的空洞无物，就是局部的繁琐零碎，有画蛇添足之感。

（3）山水画的语言并置

勾皴染点、轻重疾徐、转折顿挫、浓淡干湿，这是山水画用笔的基本方法，它千变万化地表现各种物象。这也是山水画语言的基本因素。提及山水画的语言并置，是需综合绘画语言因素，分解与之重组，可以导致采取适合于我们个人价值取向的诸多因素。个性是分离于共性的，也属于共性当中一部分。语言并置，是把多方面诸多因素，整合、归纳，提出我们的研究方向，并提出问题，分析问题，解决问题，山石、树木、流水、烟云、亭台、楼阁、花鸟、鱼虫等诸多物象，让我们深入于物象本身之间，间津画面。提出结构因素、势态因素、笔墨因素，把其中的"勾皴染点、轻重疾徐、转折顿挫、浓淡干湿"等技法，结合姊妹艺术、民间美术及其边缘学科中有益因素，多方融合，取长补短，打造出符合时代、符合学生实际心理的创造性因素。在把握住专业性的同时，进而捕捉专业的前延性。提出结构因素、势态因素、笔墨因素，既遵循中国画之特点、特征及其要求，又进一步扩展、扩散开来，使之更好地做到更新、变化、创造。以其既不是东方的，也不是西方的现代精神，来发扬民族的、地域的、开放的、融合的中国画及中国山水画。当今中国画发展面临的主要问题，是守旧复古，抑或出新求异，进退两难，而时代赋予吾辈之使命，只可上下而求索。中国画语言的并置，吸收好的有益的东西，势必沿着中国画专业特色这一命脉，向内向外有力拓展。结构、势态、笔墨这些中国绘画基本因素，在维持中国画特色的基础上，应更好、更快、更新地向外来美术、姊妹艺术、民间美术、边缘学科借鉴、学习，创造新的中国画视觉传达基础语言。

（4）画面的非表面理解

谈及绘画语言的分解与重组，试图把其语言的各种因素放在画面当中，而画面的非表面理解，也随着我们的观察、理解、思索、否定而呈现出来。整体与局部，好似老生重谈，正确理解，以致掌握、运用整体与局部之间的关系，实则不易。很多时候，在开始时，都追寻着整体与局部之间的关系，但在几个回合之后，往往局部占了上风，而且一直到最后。所以协调整体与局部的问题，要考虑到整体中的局

溪山清幽　崔美娜

部，局部中的整体，以及整体中的整体，局部中的局部，取舍、进退之间要完全达到整体与局部的高度协调、统一。

大小、黑白、虚实、聚散、轻重、藏露、开合、动静、节奏、韵律、呼应等形式审美规律的掌握与运用，是建立在对画面的非表面理解之上的。语言语素之间联合，形成词或短语，如汉语中的成语。绘画视觉传达语言也相似于汉语，在其特殊环境中，出人意料，无声胜有声。让我们行之有效地发言、表达、留有余地、制造悬念，介入多种对比，多种矛盾与之平衡当中。就像导演一样制造矛盾、平和矛盾，所有的一切，都是为了剧情的发展与剧目本身。形式审美规律会使得我们画面中主角与配角之间配合得有板有眼、活灵活现。

感性与理性，共性与个性，是画面非表面理解的重要因素。往往，面对同学的时候，面对他们的画面的时候，理性会大于感性，共性会大于个性。作品之所以产生，取决于感性与个性因素，而这时的感性只建立在理性基础之上的，个性是建立在共性基础之上的。问苍天，情为何物？情是灵魂，生命所在。只有个性化的灵魂，才会有个体生命所在，才会有优秀的作品产生。

山居　徐振高

旷谷幽居　罗庚

2. 自我语言的视觉传达

（1）像及其原因

有时，直接关注到学生的画面，直接关注于他们辛苦所致的创作，不免会感到他们的创作有像谁的缘故，不是古人，便是今人，或是上课的老师。不言而喻，他们有他们的苦衷，甚至有人直言，临摹还没有临摹好，怎么写生，怎么创作。如果用一生作为一个期限，那么我们能够临摹到古人那一层面与境界上吗？追求"像"，在其初始阶段，是可以被理解的，然而，这种追求阻碍限制了他们创造、更新的愿望与可能。表面层次意义上的愉悦，使得学生故步不前，以此为荣，为其表面的目的与追求，而忽略了相关的精神审美及其他要求，思维的开发与引导直接受到其限制。而囿于画面的表面因素，可能与他们技术、技巧叠加而获得的所谓成功有关。这使他们觉得漫无边际地去寻求看不见、摸不着的东西，是务虚主义。所以这一层面，始终成为他们的守护神，而时间的推移，使他们不得不再去面对什么看不见、摸不到的东西时，才会恍然大悟，他们错过了一次又一次的机会，对于更为深刻、更为直接的能力与知识，他们无法掌握以致运用到久违了的专业当中。是什么让他们追求像，而又乐此不疲地接受他的影响？而思变的开始，如何发现问题，提出问题，而后面对问题，解决问题？正是处在尴尬与徘徊的局面当中，使得他们重新界定有关他们的画面，有关他们的创作。而使其真正从行为与行动上有所动作，却是难上加难，如若能够早些时候，介

古人诗意图　罗庚

雪暮山村　罗庚

入非表面因素的研究该有多好。"像"，本身不是目的、贵在似与不似之间，强调形神兼备，这是艺术至高境界，也是我们追求的深远目标。而于抽象与具体之间，感性与理性统一之间，学生当多加思考与转化。

（2）不像之无神无主。

再者便是与诸多名家乃至老师都无相似，而出现一种不像之局面，属于无神无主之状态，不像是不与古人像，不以今人为目标，这是好的，而无神无主之状态可就不大妙了。物为画之本，我为画之神，在失"我"之状态中，便无可视性了。简单、乏味、缺乏生命力，更没有意境，便不能够传达作者之主观意图。在同学之心中，总是把画面中的各个部分乃至局部，看得非常重要，如对一花一草、一树一屋等，均不讲究个性、气质、语言自律因素，这是无神无主状态之原因所在，既然抛弃了像的行为，便需更进一步去挖掘神似。从内心出发，去感悟作品当中的形象，物我两忘，物我皆存，无为之而无不为。加强其主观能动作用，强化"我"在画面中的主导作用，打破不利之局面，承前启后，深刻塑造内心深处的完整，完善之形象，为作者表达自己想法、观点而尽其力。

（3）语言的自律因素

像说话一样，每个人有每个人不同的语境，不同的方式，及不同的思维，我们把个体表达自己思想所采取的行之有效的个性的思维方式称之语言自律因素。绘画中当然一样存在着语言因素。我们曾提及语言视觉传达的分解与重组，意思明了，在限制中进行拓展，加强内涵与外延，建立个体独特的语言体系。毕竟我们学习的目的和意义是为了创造生活，为了更加精彩。我们无论承接传统也好，走向生活也好，总不能用别人的方式及其语言习惯去说

话、表达想法及其思想。虽然我们在学习过程当中，会像孩子一样，说错话，说多余的话，说不尽人意的话，但这同样是避免不了的。倘若一下子都是完美无缺的语言词汇，那肯定真不了，假的再华丽也不是真，所以，必然要经历这一初始阶段，也必然自己迈脚走路。也避免不了摔跤，大不了从头再来。习惯于某家某派的研习，势必会有人家的影子与行迹。从实际出发，抛开所有的精神枷锁与束缚，用自己真实的语言、语境，去表达自己内心的心声与思想。哪怕笨一点，拙一点，其实无大妨。关键是通过自己的语言因素，传达自己本身的思想、想法，可喜可贺。只要迈出第一步，就有了开始，就有了两步、三步，乃至更多。着眼于语言的再现事物本身的精神面貌，视觉传达下的精神载体，同构于形象及形象背后的深层寓意，用不着过分修饰、遮掩，要自然，有一说一，有二说二，不要不清不楚，原本简单的东西，就单纯些罢了，故弄玄虚，也会搞得连自己也昏了头脑，人家岂能知晓，看得明白。说话每一个人都不一样，每个人有每个人的逻辑思维，前言搭其后语，而画画儿亦是如此，思维的差异，提取与吸收的不同，种种原因，导致更多的不一致性，便有了五花八门的艺术，也有了其特殊的语言、语境。语言自律的提及就是因为彼此差异甚大，大相径庭，所以总要自圆其说。建立自我语言自律因素，非同小可，否则，言不达意，弄巧成拙。语言非得准确、生动、真实不可。语言本身抽象于物象之外，依附于精神之中，组成自我语言之时，便多具个性色彩，可谓别具一格，精彩只是瞬间的，永恒的是语言之下传达的思想内涵，可以令人共鸣与震撼。寻求与探索是我们义不容辞的责任与义务。开拓思想，从自我出发，建立独特的个性化自我视觉语言传达方式。

（4）我用我法，自有我在

中国画，中国山水画特有的语言语素，如勾皴点染，几千年来，重复着、更新着、演变着，故而大家都遵循着一种特定的法度与模式，各显其变，为法中之无法。创造、更新，建立自我语言的视觉传达，无论继承传统，古人，今人，乃至专业的内伸与外延，还是深入生活，介入生活，表达生活，目的与其意义都在其此，所以，怎样介入到"我用我法，自有我在"这一层面上来，显得格外重要。语言意义上的分解与重组，传统研习的深度精神内涵，写生的感悟与概括，创作的目的与其展望，无疑为我们更好地总结与实施自我语言体系起到了积极推动作用。每当有学生在自己无助的时候，便去问老师，问许多问题，而作为老师便引导、启发、建议。而学生似乎明白了许多，而最为尴尬的局面，是对于最基本的问题，也是最本质的问题，他们怀疑、否定，他们不曾自信地去面对所有面对的问题。而于简单处，继续简单地应付着画面。在学习、研究专业的过程中，只是了解与知道是远远不够的，而掌握与运用的更为关键之所在，便是建立自我的视觉传达语言。只有这样，在进行专业创作的时候，要面对问题迎刃而解，或试图解决，不再是两眼一摸黑儿。至于视觉传达语言的建立，是需要及时补充营养及更新不利于专业发展的知识、技能、思维、意识等多方面因素。对于中国画，中国山水画更是这样，以其中国画特有的审美精神与之意识形态，总结与承接、概括与感悟进行自我视觉传达语言的建立，进行专业再研究，再学习。

二、精神内涵的理解

1．情感方面的理解

处于创作时期的学生，大多仍维持着低级标准。情感方面，没有直接针对于创作或画面本身，仍保留着技术、技能的复制体现以及遵循着像其人、其派、其家、某种主义的现象。没有在情感方面、精神内涵因素下主导作用的联系。感觉、感受、感悟，

张越　作

溪州野渡　杨振凯

无论哪一层面上的思考，总会在作品之中直接体现。精神内涵是作品的灵魂与生命所在。创作过程当中，立意在先，然后立形为象，立意便是精神内涵的具体指向，看似模糊不清的意向思维，却起着主导作用，支撑着画面的前前后后，形象之状态，以及形象与形象之间的关系。学生在做其他事情的时候，各有各的思维、想法，并且能够使其深刻化、复杂化。出个鬼点子，不在话下，想些新奇的东西，没问题。而对于画面的思考，即便是有想法、有新意、有内涵，也是想着按照套路来，按照技术的叠加、技巧的再现来完成既成事实的画面。他们被动地接受，被动地容纳，被动地去讲话，不问问心里到底想表达什么。其实应该说，他们有他们自己的生活，他们体验着他们这一代独特自在的生活。他们有见解，有观点，有能耐。或许，他们的创造性思维在绘画视觉语言传达之间没有被启动，没有被引导，需要培养、引导、开发。情感大门一旦打开，不怕没有新的创意、新的心声、新的表达。一则创造性思维的介入，二则绘画视觉传达的表达。在其介入与表达之间，需达到对于精神内涵的深度理解，人格涵养的高度概括。教师要引导他们达到生活经历的光辉点，使他们树立积极、向上的自信心，建立完善人格。以情感方面诸多优秀品质，确定他们人格的精神内涵，引导他们表达于绘画视觉传达之中。

2．具体物象的理解

画面，由各种物象组合而成（抑或是抽象游离的符号、点线），它们具有同样的精神内涵，在具体精微之处，每个物象或符号，以其各自精神状态扮演着不同的角色，支撑着作品本身表达、表述的完整。作品本身似在借景抒情，使观众触景达意。而作品中的形象，本身为其景致，拟人化的角色，其传情达意之间，以其各自的身份，树立着独立的个体精神内涵，而个体的精神内涵，角色的确立，是由作者感性化的赋予。或喜或悲，或曲或直，动静有致，沉浮有加。物象或符号的精神内涵，是整体作品精神内涵的具体体现与实施。整体作品与物象或符号需要达到辨证统一。总之，整体也好，局部也罢，最终都需回归创造性意向思维。情感转述与表达，都离不开自我精神家园。开启情感智慧之门，引导情感下的精神内涵介入作品视觉传达之中。整体与局部，宏观与微观，抽象与具象，概括与具体，都需要情感下的精神内涵。而精神内涵的深度理解，需要我们付诸实践，付诸行为本身。深度，在某种意义上来说，就是不肤浅。表面的、浅层的，我们会有所认识、了解与察觉；而深刻的会铭记在心，于心灵深处以震撼。究其深度，在共性与个性之间，再三探索，在共性的基础之上，充分挖掘个性因素。标新立异，出奇制胜。即使有理解方式的不同，思维方式的差异，但只要站在人性精神审美的情境之下，再苦也是甜的，再个性也有共性的，也是可以接受的。

对于精神内涵的深度理解，就是真性情。精神审美就以真实、善良、美好为总体要求，真实便是真善美的统一，假戏真做，也就成真了。于自己真实，于作品真实，于观众也就真实了。真实的善良，不

杨大治 作

杨大治 作

灵溪盛夏　杨振凯

管其行为本身有多少不尽人意，还是让人感觉美好。真实的谎言，在某种条件之下，也会沁人心脾，何况真实的情感。面对作品，面对属于自己内心独白的画面，务必真实。有感而发，寄情所在。不怕没有气质，没有共鸣，说到底，精神内涵是极其朴素的、单纯的、直接的，可以直接触摸到的。真性情之所以是精神内涵的直接体现，是因为真实。在真实面前，虚假毫无生存之境。真情实感总是有深度的。

三、作品完整性的认识

1. 作品的完整

创作作品是作者的思维、意念、想法等诸多因素的直接体现，通过其个性化的语言表述矛盾的对立与统一，作品的完善，是其作者精神审美高度集中概括的抽象集合，是其情感演变的视觉传达结果。学生在这一阶段有其充分的思想内涵及特定视觉角度，充满个性而又别致，本质性的问题及其正确转化与表述，是作品完整的根本因素。本质是事物内在的决定性力量，有不可代替、更改的属性。当然，本质对于视觉传达下的画面而言，有深浅高低之不同层次及不同层面之分，而不管怎样，无论站在哪些层次与层面，抓住其本质是极其重要的，不同的界定区分，不同精神作用驱使下的物象，

杨大治　作

孙世昌　作

冥居　胡朝水

便有了不同的精神内涵及其本质属性特征，而其把
握之过程，全在作者本身。再有便是正确的转化与
表达，当然画面有其特定的视觉语言，并非用文字
三言两语就能将其谈明白，或者是根本谈不明白，两
者语言之语境根本不可类比或者代替转达。作为视
觉传达下的画面，其正确转化及表达，需要我们促
使这一思维过程完整与完善，这样，才能接近于事
物的本质，才能锁定我们所研究与探讨的画面本身，
才能使我们正确理解画面的完整。才能通过画面把
我们所感悟到的精神审美得以转化与传达。对于画
面的完整，对于精神审美高度集中的表现与传达，学
生要尊重自己的思维方式及自己的情感表达方式，建
立"我用我法，自有我在"的和谐画面，树立言之
有物、有的放矢的思维方式。建立以自我为中心的
视觉传达语言，畅所欲言体悟生命个性在社会生活
中的关系。完整，是在不断肯定与否定中，达到的
相对完善，是一个没有尽头的相对整合。至于视觉
传达下的画面，是在提出问题、分析问题、解决问
题的同时，制造矛盾，平和矛盾，解决矛盾，并且
一而再，再而三地发生、发展、变化，使主题思想
内涵的准确表达，相对完整与完善。

微雨　胡朝水

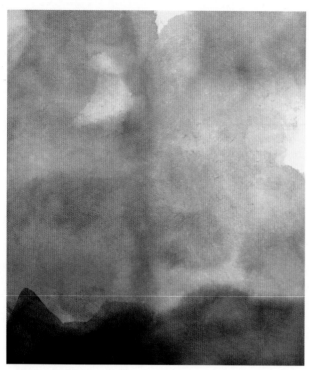

孙世昌　作　　　　　　　　　　　　　　　孙世昌　作

2．作品的完善

　　作品的完善，在作品完整的基础上，不断提出更高的要求与标准，变化与更新，是站在更高角度上来保持作品不断的创造与延续过程本身。在学生求学之初始阶段，完善作品的要求，加快了学生专业化知识结构的进程，是学生走进艺术殿堂，进入专业创作的必经之路。在完整中完善，在完善中完整，不断推进，更达新意。这一思维过程，更多需要老师的引导及建设性意见，而把抽离于物象，抽离于画面所要表达的东西，言之于他，可见这种思维过程之重要。面对创作，面对中国山水画创作，在毫无感觉的条件下，便牵动了诸多方面的因素，出现了这样那样的问题，问题或许是单纯，但并不简单，复杂化问题的出现，是我们思考的结果，是我们研究的结果。在学生求学过程之中，存在着不单单是作品的完整问题，更为重要的便是作品完整基础之上的完善。如何使得作品画面完整与完善，是教与学、研究与发展的根本问题。处于现阶段的学生，画面简单化，是其中的一种表现方式，再者，就是复杂化而不甚完整，更提不到完善之状态。出现这种问题，一则是在教学过程中，老师的引导与启发的目的性与针对性不强，二则是学生只求表面、只有外在的表层状态和技术、技巧的叠加，脱离画面深层角度的精神理解与研究。所以在我们的教学与研究当中，画面表面背后的精神层面，才是我们追寻的目的与

结果。而此，在学生当中，大概一并忽略去了，这是我们进行临摹、写生乃至创作教学最为核心的问题。思考，在这一环节当中显得十分重要。思考或许能够促使学生修正自己的盲目，以及以往乐此不疲的自傲自喜。可以准确地讲，作品的完整与完善是没有其尽头的，在修订中不断更新、变化、发展。只有付诸学习与研究，才能够使得作品相对完整与完善，进而言之达意，表达准确。作品的完善，还体现在联系地看待问题。孤立地看待问题、面对问题，是学生需要设法解决的问题。联系地看问题，关注画面的抽象因素，关注整体支配下的局部，关注画面当中的个体，个体与个体以及个体与群体之间的关系。关注问题本身，提出问题，分析问题，解决问题，就是联系起来面对问题，就是作品完善过程之一。只有在完善过程当中，作品才能不断更新、变化，进而创造出完善的画面。

3．山水画的完整与完善

　　定位于中国山水画，就必须保持其独具特色的专业特性。专业特性的强调与体现，才能构成中国山水画的作品完整，进而使之进入完善之状态。勾、皴、染、点这些中国山水画的基本语素，经过重新分解与重组，在不变中求万变，不变是其独具特色的专业特性，变化是发展与创新的根本。建立完整与完善的视觉传达语言体系，我用我法，进行时代的创

杨大治　作

杨大治　作

造与更新，挖掘个性的审美精神，开辟新路。传统的模式规矩对于今天的学子是否全部接纳，怎样接纳，这些思维行为异常活跃的人群，批判性的吸收对于他们更为有效。了解、掌握传统是其必然要求，反过来，知其然而非所以然，标新立异，似乎符合这些人群的想法。而此，又与我们创造、更新的目标、想法观念暗合，所以，思维的发生、发展、变化，极为重要，是中国画及中国山水画。作品完整与完善的首要因素。至于技术、技巧等方面的问题，是学生一直苦苦追寻的问题，可以直接地讲，技术、技巧及其方法是为了解决问题，而采取的一种方式，这种方式是多种多角度，多向思维的结果。所以画面问题本身不是问题，而面对、解决问题的方式方法，才是其真正的问题。有的学生想法、观念及其意识，都很好，很新，就是无法付诸画面，无法实施于画面本身，不能够通过画面形象成为视觉传达的结果，很可惜，因此我们需要创造出特定的视觉形象，以及视觉传达下的语言语境，在不可行与可

行当中，选择再选择，驾驭情感、意识、思维、观念支配下的可行性画面，使之抒情达意，完整与完善。

四、时代精神的把握

1．时代精神状态

界定时代精神状态，并非一言两语的事情，但这时代的气息，我们时刻感受着，耳闻目睹着，经历着。像流行音乐一样，把握着时代的脉搏，跳跃着、闪烁着，自生自灭、重生再生。服装款式，品味的更替，无限电波的沟通，网络的虚拟，可乐与咖啡的时尚，茶道的兴起，物质的满足，精神的需求，文化的冲击，使得人们更加积极、进取。物质的背后，更需要精神的更高追求。同样，在新的时代精神状态下，人们对其视觉以及视觉意识形态下的内容，有了新的认知与看法。作为绘画势必要适应时代的要求。而中国画，中国山水画就更不能够例外。山还是那座山，水还是那些水，时空的转变，

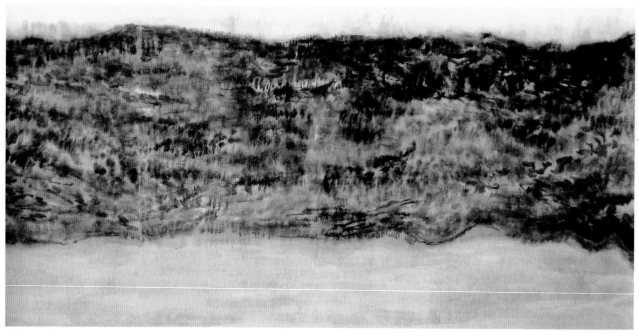

孙世昌　作

可依然只见依旧，但事物绝非静止的，一定在变，变得捉摸不定，变得年年相似而又不似，这些都不是重要的，而最为重要的是我们的心变了，我们的思想观念随时代发展而日新月异。这才是最为重要的，而作为时代背景下的绘画视觉传达的创作者们，始终要求与时代精神同步。都市的夜晚，迷人的车水马龙，某一特定时空，游泳的运动，甚至卖儿童玩具的快乐使者，都融入了一派盛世景象，传递着时代的气息。而为之创作者所感受的便更为精神化、具体化。通过介入生活，用心灵感应时代的气息，用慧眼辨别是非真假的世界，用生活给予的一切生活源泉，进行提炼、加工，进行分析、重组，持真诚、亲切、朴实之视觉传达绘画语言，表现自己的精神家园，奉献于社会。由于创作者个性因素的不同感应，才有了这五花八门的形式特征，共性的是其大的范围指向，而个性则是共性基础之上的非常因素。在时代面前，人人都想为之补充，展示各自独立的风采。

2．现代因素理解

由于时代的演变，便有其传统的、优秀的作品遗留下来，便有我们的追寻与追求。而正是站在这些巨人的肩膀上，我们才有了无尽的追求与想象，而现代的精神状态，便是我们一直追寻的创造依据。学生通过研究与学习，掌握与运用知识结构之同时，便有了现代的种种基础，而所谓的现代因素，正是从老师与同道当中得到的教诲，却不知，"所谓的现代性因素"，却被新时代早早引向了过去时。正是这样，才会一浪追逐一浪，推动时代变迁。时代的前延性，与时代的脉搏，会让有的人摸不到头脑，总是在过去时里找现代性，现代的因素，显现在服饰、吃住、用行等之中，而对于专业的创造性因素，却不易表现。那些对鲜活的气息、生动的新事物敏感的弄潮儿们，是应被倡导的。现代性与创造性思维的相提并论，会使学生对其有正确理解。

3．现代的时代精神状态与国画山水创作的有机结合

中西文化的冲击，现代与传统的碰撞，文化背景的内伸与外延，导致中国画、中国山水画在限制中进行扩展，保留中国画本质特色的底线积极地向外扩展开来。强调现代的时代精神状态，是在传统的限制中，尽最大可能进行完整的更新与创造。中国画、中国山水画在精神审美的要求下，语言、语境发生了改变、更新，新的图式、新的中国画黑白体系进行多方融和，开辟着时代精神气息下的文明。有关中国山水画的立意，就与现代的时代精神状态及个体自我的感应、感悟息息相关。意在笔先，这是中国画、中国山水画所特有的审美要求。学生面对创作之时，往往把形象都先定下来，然后再去找所要表达之意，也有的先有立意，然后定形象，只是，嘴里说的和画面视觉传达的意境有很大出入。涉及到两个问题，一是立意在先，情感驾驭着画面的人物灵魂；二是言不达意，意与形象有待协调，关键是能否言之有物，以表心意。并且，

杨大治　作

学生直接关注形象往往甚于关注情感意向思维。在创作环节上存在重要问题。全局来讲，在临摹、写生之环节当中，创造性思维的开发与引导，始终存在问题。学以致用，服务于人类，服务于我们息息相关的社会，是我们崇高的追求及学以致用的目的，目的本身，最为直接与重要的就是创造与更新，满足人们的精神生活需要。而继承传统、深入生活、下乡写生，最终目的只有一个，进行改造，而在其过程当中，更多的是关注技术与技巧这些看得见、摸得着的东西，通过努力、探求，可直接掌握。那么，在现代快节奏、多元化的社会，使得有些人在短平快中，在知识接纳之中，

显得过于肤浅与表面。而如果教师再把重点与重心放在技术、技巧层面，并非直接开发引导创造性思维，或者在学生临摹、写生、创作三位一体的中国画教学体系之中游离出来，单独来讲临摹、写生、创作，也会出现局部的概念。宏观、整体、全局的锁定，不单单是教师所应知晓的，更为重要的是学生学习的使命，应使他们尽早地知道，以及培养他们正确、发展地思考方式，应是重中之重。至于谈及中国画、中国山水画创作，以及现代的时代精神状态，就是因于此。建立宏观的、正确的、发展的创造性意向思维，是关系到专业特性及专业前延性培养的直接根本因素。作为

孙世昌 作

老师，我们同样作用于社会当中，感受、感悟着时代变迁与更新，但我们及我们父辈的老先生们，并非是时代的弄潮儿，时代发展的真正主人是青年人的，也就是说，现代的时代精神状态当中"现代的"有所定位，并且时刻更新、变化。作为老师这一类人群，不知不觉中被推向中年，而老先生们就更不言而喻了。至于传统，中国画几千年的传统，每一天都在被重新界定着，关于生活，无时不刻不在变化，这对于我们今天的艺术创作，无非是一个新的挑战与再生。

课题思考：
1. 谈临摹古画的体会。
2. 谈什么是传统。
3. 谈你对各种写生形式的实践体会。
4. 谈写生的意义。
5. 总结你的写生经验。
6. 谈你对精神内涵的理解。
7. 谈你在创作中对精神内涵的挖掘。
8. 谈你对语言个性化的看法。

第2章

本章要点
- 关于临摹
- 关于写生
- 关于创作

花鸟篇

第一节　关于临摹

一、认识临摹

1. 临摹的意义

临摹（包括对临、背临、意临）是把握传统的有效手段，是中国画入门必不可少的途径。中国古代画家是非常重视临摹的，顾恺之著《摹写要法》，谢赫将"传移摹写"作为"六法"之一。近现代大师吴昌硕、齐白石、黄宾虹等都是通过临摹入门并奠定绘画根基的。所以在大学本科阶段，应该把临摹视为重要的基础课，并给予充分的重视，使学生先掌握中国画材料工具的特性、笔墨方法和其高度的程式及相应的风格特征。画家的一生，要把临摹、写生和发展创造有机统一起来。但对于本科学生，先通过临摹获得中国画的基本技巧和对前人艺术成果较为深入的了解，是尤为重要的事，否则会使学生作画时离不开对象，以形似为造型标准，在创作时束缚于写生和客观对象，长期处于真似造型与笔墨表现难两全的尴尬境界中。

2. 临摹的方法

（1）读画

临摹前一定要仔细读画，研究作者的艺术生平和艺术思想，解析画家是如何将生活中的物象转变为艺术品的，采用了什么表现手法和艺术语言，解读原作的笔墨技法，推测作画的步骤，总结出规律。读画时，如果对原作理解得深刻，临摹就会事半功倍。

（2）对临

对临就是面对范本，忠实于范本，临摹中的用笔用墨、章法布局、空白的大小形状、笔墨的组合结构、浓淡干湿等等都要和范本出入不大。初学者适宜对临，由于初学者绘画经验不足，表现技法和控制画面的能力有限，可先从局部临起，再扩展到整幅临摹。不要看一眼画一笔，要看一眼画三笔、五笔至十笔，一组一组地临。这样初学者既能学习到笔墨技法和范本的精妙之处，又能兼顾到画面的气势、节奏，使所临的作品形神兼备、循序渐进、由表及里地将临本表达充分。

（3）背临

背临是通过多次对临，将范本的内容、技法熟记于心之后，脱离开范本，独自默临。背临可以更加深入地认识作品，更加主动地思考生活中的形象是如何被画家转化成笔墨结构的，将画面的情、理、态三方面融于心，避免了看一眼画一笔的坏习惯。可以将对临时学习到的技法连贯起来，气势贯通，一气呵成，干湿浓淡自然而成，气韵更加生动，对章法布局的练习掌握，起到了对临所不能及的作用。将先人的技法真正学习到手，并背诵下来，变成自己的。这样久而久之，历代优秀的作品就会非常清晰地留存在你大脑里，什么时候需要，就可以联想起来加以运用。通过背临还可以锻炼驾驭画面的能力，使眼、手、心更加统一，大大缩短了临习的时间，背临一张比对临十张还有效率。因此，要尽量加强背临，使之成为习惯。但背临一定要在对临完成得很充分之后进行，否则会使背临变成信手涂鸦的借口，使背临失去意义，还会养成不求甚解的坏习气，越临越简单。

（4）意临

意临是在对临和背临的基础上，研究性、创造性、发展性地面对前人的作品。迁想妙得，通过意临产生联想，引发潜在的情感萌动，得到顿悟。意临者要有一定的绘画技法和功力，并在画理、画史、画论等各个方面都有一定的修养，能够对范本有更深层次的认识研究，在这种情况下可以意临。意临可以更加生动地将自己的情、理融于画中，不求形似，但求意合，笔墨结构、章法布局、节奏、空白等都可求变，所谓形不至神至，笔不到意到。吴昌硕、齐白石、潘天寿都临习过八大山人的作品，但他们意临的画作都具独特个性，具有自己的笔墨形态。通过意临的练习，能使自己在画理、画法、画意上得到提高，逐渐走向成熟，为真正进入独立创作阶段打下良好的基础。

二、工笔花鸟画的临摹

在范本的选择上，要选择名家的代表作品，起点要高，以免染上格调低俗的坏习气。要先选择易于学习、掌握的，且保存清晰完好的范本临习。第一阶段可以选择近现代于非闇、陈之佛的作品临摹，因为近现代的作品较多地保留了作品的原貌，于非闇的作品也比较规范，有利于初学者临摹。第二阶段可以选择宋人花鸟小品。

1．于非闇作品临摹

于非闇(1889—1959年)，原名照，字非闇(庵)，后署非闇。满族，原籍山东蓬莱，生于北京。自幼喜绘画，从陈洪绶上溯五代两宋，尤得益于宋代院画。于是以赵佶为师承，书法也学赵的瘦金体，这种富有工艺装饰性的字体与工笔花鸟画正是相得益彰。他还吸收了缂丝和民间绘画的造型特点，如他画中常出现的一种假山石，外轮廓勾勒的不连贯的粗墨线，就来自缂丝。他还曾种花养鸟写生，因此画中造型严谨、真实。他的画工谨而不板滞，能灵活运用勾勒、没骨、勾花点叶、点、背面托色等手法。他的主要成就还是在勾勒设色的花鸟画上，重骨法，去纤媚，富丽堂皇，与晚清以来流行的常州派没骨花鸟画大异其趣，因而广受欢迎，成为北京最重要的工笔花鸟画家，弟子有田世光、俞致贞等。

《牡丹蜂雀》一图的主体是一株牡丹和几只小雀、数点蜜蜂。为把牡丹雍容华贵之姿表现出来，画家采用了低视点的表现手法，把地平线压得很低，整个背景不画一物，用一片纯净来衬托风姿绰约的牡丹。牡丹枝干遒劲，在碧叶繁茂中花朵盛开，数点蜜蜂忙忙碌碌，围着花朵转来转去，四只小雀在枝干间嬉戏。

临摹可临局部，粉花用白粉薄薄罩染一层，用曙红分染数遍，颜色要薄，最后用白粉反提。红花用墨

牡丹蜂雀　于非闇

分染数遍后，用曙红罩染，根据需要，罩大红，色相偏暖，罩胭脂，色相偏冷，花色偏重。染的遍数多了以后要平涂胶矾水，正所谓三矾九染。叶子用花青分染数遍后，用汁绿罩染。反复多次。枝干用勾皴法，局部用墨分染，最后用赭石罩染。花心用沥粉法，白粉颜色要纯，干后用藤黄罩一遍。

2．陈之佛作品临摹

陈之佛（1896—1962），又名陈绍本，号雪翁，浙江余姚人。陈之佛最初研究工艺，教授图案和艺术史。1930年以后，对工笔花鸟画产生巨大兴趣，遂致力研究宋代院画，在家中种花养鸟，观察写生。1935年始以"雪翁"之名展出工笔花鸟画，其独特画风立即在文化界产生了反响。他采用浅灰色地子的熟纸，细笔勾线，着色薄净，染后不再复勾，造型带有装饰性。色彩关系在调和中求对比，特别是没骨、渍水、撞色的特殊效果(即在不勾轮廓的情况下，利用熟宣纸不渗水的性能，先画浓淡墨，再用淡石绿水点注，使其晕化成斑驳效果；或先用含水较多的一种颜色作没骨描画，趁着潮湿用笔滴清水，或蘸浓墨、石青、石绿点画，再用清水冲开，使

秋塘露冷 陈之佛

积水与色相互渗化，形成一种斑斓的水渍效果，多用于画树干、花叶、地面、羽毛等），形成了独特的工笔花鸟画风，给这门古老艺术带来了现代感。他性情恬淡，洁身自守，工笔花鸟画也充满了宁静淡雅、高标出尘之致。

《秋塘露冷》一图极好地运用了对比、调和、节奏、均衡等形式美法则。画上的荷与鹭造型生动，结构严谨，不雕不饰，意韵无穷。荷叶荷花，虽茎干纵横交错，但仍疏密有致，乱中见整，富有强烈的节奏感、均衡感。一只孤单的白鹭，蜷缩于荷叶丛中，败落的荷花，露出的莲蓬……这些都恰如其分地点出了"秋塘露冷"这一主题。画面上大面积的黄绿色调，给人以调和的美感，零星的白色和不饱和的红色则又起着活跃画面、对比的作用。全画充满着清雅、俊逸的氛围，给人一种静谧安详之美。

临摹时先将绢作以赭味的地子。叶子正面用墨分染，花青罩染；背面荷叶用花青分染，汁绿罩染；荷叶尖端枯黄处用藤黄、赭石由外向内分染；荷花背面用曙红、胭脂由外向内分染，再用白粉在正面花瓣和反面花瓣的根部分染；鹭鸶用白粉反提并丝毛。

3. 宋人小品临摹

《出水芙蓉图》为典型的南宋折枝花卉，构图大方饱满，线条轻盈婀娜，设色精致富丽，晕染细腻。临摹时要体现出原作中荷花的雍容华贵，盎然生机。

步骤一：过稿勾线。过稿时，用铅笔把线描稿准确地拷贝到熟纸或绢上。如果材料透明度好，也可直接落墨，以淡墨勾花瓣。注意起笔、行笔、收笔的变化，尽可能做到中锋用笔、笔笔送到、畅而不滑、涩而不滞，后用稍重的墨勾叶、茎、莲蓬。

步骤二：设色。①花叶正面用花青分染，叶根处色重，到叶尖渐淡。叶尖、叶筋部分要留出空白。花瓣可用白粉薄薄做遍底色，然后用曙红和胭脂分染，正面花瓣色彩要比反面花瓣色彩鲜艳些，可以曙红为主，反面则可以胭脂为主，初学者可以把颜色调淡些，多染几遍，以便于比较和调整。②用花青加藤黄调成草绿色，染荷叶正面，荷叶反面用淡花青打底色，罩染三绿。花瓣正面用淡白粉平罩两遍，然后用白粉从花瓣根部提染，花瓣部分从背面反衬原白粉。③用赭石、花青、藤黄及墨调出暖灰色提染莲蓬、茎和反叶，小叶筋用花青墨复勾，复勾时应注意线的颜色，复勾的色线要比墨线浅些，使之产生自然的变化，形成虚实变化，不呆板、不僵硬。花瓣纹线用胭脂加曙红勾出，水分要饱满，运笔要流畅，并注意随着花瓣结构的起伏变化。花蕊沥粉前要用藤黄做足花蕊底色，用红赭石加墨勾出花丝，在此基础上沥

出水芙蓉图 吴炳

腊嘴荔枝图　林椿

粉。注意疏密要得当，生长姿态要正确，力求在统一中求得局部的细微变化，且不失其势。画面的背景仿古色可用藤黄、墨、胭脂调成深赭色从正反两面染出。亦可用茶水和其他染料配出，使之与荷叶、荷花互相衬托，融为一体，艳而不俗，更具整体的谐调美。

《腊嘴荔枝图》为南宋院体佳作，画面轻松活泼。此幅画虽小，但技法全面，表现力丰富。如枝干，以勾、皴、烘染等方法表现，效果丰富。荔枝果实以没骨晕染画出，色泽鲜润。腊嘴生动传神，以墨为主。临摹时注意枝干、叶子、荔枝、鸟毛的不同质感，在线描上要做以区别，或苍劲，或圆润，或空灵毛涩。

步骤一：勾线、染墨。用重墨勾树干、叶、鸟喙、爪。树干用笔较涩，皴出体面关系，用笔虚起虚收。淡墨勾鸟毛，并用淡墨分染出树干、鸟头、背、尾及初级复羽和初级飞羽。

步骤二：设色。①用花青染树叶正面，反面染淡赭石。荔枝用胭脂分染出凹凸，再用淡朱砂罩染。绿色荔枝用花青分染，并罩染淡石绿。鸟嘴、爪染藤黄，用胭脂染背部红色羽毛。②用胭脂加曙红点染荔枝红斑块，草绿色点染绿色斑块，习惯上可先将淡斑画出，后画斑点中的暗色部分，暗色部分可分别用胭脂墨和花青墨点出，注意斑块用色水分要足。树干染淡赭石，用朱磦染鸟眼。③用藤黄加少许白粉点出爪部鳞甲，丝鸟腿部羽毛牙口，提染鸟嘴、眼圈。

三、写意花鸟画的临摹
1. 梅兰竹菊临摹

竹。中国绘画中的竹之画法历来归结为画竹、写竹两种。画竹是指用白描双勾法画竹子轮廓，可敷彩。写竹即谓墨竹。墨竹用笔要求"笔无妄下"，一笔画

竹枝图　倪瓒

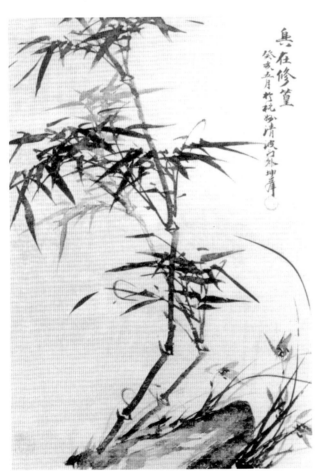

卢坤峰　作

态和组合规范化、程式化。

墨竹，竿劲直如篆，节波趯如隶，枝纵横如草，叶整齐如真（分别指书法中的篆、隶、草、真各体）。竹竿多用中锋，粗杆可用侧锋，笔锋墨色稍重，可自下向上画(也有人从上往下画)，要注意下笔与收笔的笔锋运用，注意笔意气势连贯，前几节可稍短，逐渐放长。节节之间，要留一道白缝，可增加一些调子上的变化，点节墨要重些。立竿时要注意墨色的变化，要有重有淡，有粗有细，这样可以分出前后虚实。一般来讲，粗竿较淡，细竿较重。每一竿要墨色匀停，行笔平直，两边圆正。弯节不弯竿，两竿不能平行排比。在节上生枝，左右互生，不要只在一边生枝。老枝节短枝密，要画得苍劲一些。嫩枝节长枝稀，要画得圆润一些。枝上承叶，叶一定要掩竿，竹叶下笔爽利，实按虚起，一抹便过，不要迟疑修改。竹叶粗细适当，不桃不柳，叶子之间的组合有人字、个字、分字等等，都是通过实际观察，再经过艺术加工而逐渐形成的表现程式。忌二叶并立，三叶如又字、川字，四叶如井字，五叶如手指。竹叶有俯叶与仰叶，入手可先画仰叶，根据可着叶的小枝一个个倒"人"字似地画上。一般都用"双叠人"单位重叠，这样画法既容易画，又不易乱。画俯叶，也要通过一个个的单位缀连而成，垂竹叶的单位式样，大半是"分"字形(不一定全是四笔的"分"字，五笔的六笔的都可以)。画竹叶要特别注意把旁梢(指旁边那些很有姿势的叶子)和顶梢(指上面伸出叶子，古画谱上叫结顶，结是动词，是说要把顶梢结好)画好。注意竹叶的疏密、穿插。竹子在风、晴、雨、露、雪等不同的天气里，有不同的状态，各具表情，要画出其各自的特点。画竹切不可一竿、一叶的画，要注意笔势、笔意、墨色的连贯。墨竹有

下去，不再改动，练习既久，就可以提高国画用笔的准确性。画竹叶可以练习用笔的提按，所以画墨竹是练基本功的一个好方法。经过长期的历史文化积淀，古人根据各方面丰富经验，创造了许多写竹画法口诀和技法，将竹的特殊形质和其精神相统一，使笔墨形

双勾竹图　金湜

较工整的一路，有点像楷书那样严谨。初学应从这一路入手，待有了一定基础之后，可以逐渐恣纵一些，有点像行草一样自由灵活。初学画竹叶要多用中锋，练习既久，就可逐渐参用偏锋，相互调剂。有人全用偏锋来画，也很有特色。

梅。画枝干，按出枝法一般先分段画主干，因主干可以起到定大局、定大势的作用，不论是上仰、下垂或左右分枝，可在画纸的四分之一处或三分之一处进纸，转折可在下端或上端，中间一般不出现大的曲折。可用侧锋、散锋(开花笔)写主干，起笔迅疾，如颠如狂，不可迟疑。墨色可略淡，主干可从下端连到尖端，也可中间断开，以便穿插前边的枝条或点花以增加层次。主枝条画好之后即可画辅枝条或相随的枝条，以辅助主干，枝的方向不要过多，应大势向一，纵横交错。后添新枝也就是梅梢，可多用中锋，笔要圆浑些，墨可略重，也可与主枝的墨色大体相同，但笔法要有区别。枝干的穿插忌十字、米字，应多穿插女字，枝干要清奇，忌连绵。画枝干的用笔，除臂部用力之外，还需以臂带腕与指，形成笔的转、折、捻等动作的谐调配合，才能显示用笔的变化，枝干也就有趣味了。应防止用笔的单调与刻板。梅花的画法：①楷勾法。楷勾法一般似工笔勾勒法，较为工整具体，用中锋勾勒花形，墨色可重可淡。墨重，线可细些，墨淡，线可适当粗些。干后以淡赭石或淡草绿圈染，重墨点花蕊，花心处略点黄粉。②草勾法。草勾法似草书，所求笔气与笔意，处处见笔，形较松，用笔要连贯，要有实有虚，墨色要有干有湿。草勾法一般用侧锋，墨色可略淡，水分可适当大些。重墨勾花，线可细些、毛些，墨色可稍干，不可过实。干后以淡赭石或淡草绿圈染，花心处略点黄粉。花蕊及花托以重墨或胭脂墨均可。点时要有聚有散，花芽不要紧贴枝条，以增加笔触的节奏。③点花法。在写意花鸟画中，偏重一些颜色的花，均采用点法，如胭脂色、曙红色、朱磦色、朱砂色、赭石色、石绿色、白色(一般在色纸上)等。点时要有实有虚，一般用笔要藏锋，花瓣要点圆，水分可适当大些，要显示出水分来，干则燥。梅花在组合构图时，可简可繁，简要简练而不简单；繁要丰富而不杂乱。枝条的组合要黑白兼顾，既照顾到梅花枝干的疏密关系，也应相对分布好空白，否则最易散乱。墨色的运用，可通幅重墨，重则刚健，显明。也可前重后淡，有分明的层次感。也可全画淡墨，淡则清雅、柔和。花的分布也应有主有次，不要枝枝见花，笔墨较好的枝条就可不画花，以表现枝条之美，相反枝条较差或空白不当时，则可以用花补充，使画面逐渐完美、充实。画梅贵瘦不贵肥，贵老不贵嫩，贵含不贵开。

兰。兰花在我们练习笔墨技巧中很重要。兰花主要训练一种柔中带刚的笔法，圆线中见力量，见弹力。运笔要有轻重、快慢、提按、捻转和节奏。执笔用力时，下按或上提同时统一在行笔过程之中，与墨竹的笔法不同。兰用

冰姿倩影图　文徵明

兰花图　白丁

墨变化要求不多，一般兰叶多用墨，或重或淡，以重墨为多。兰花多以淡墨，也有色花如赭墨色、赭红色、赭绿色、草绿色等。兰叶也有时用色，要看具体画面和构图的需要而定。画兰一般先用墨撇兰叶。叶可长可短，可疏可密，可多可少，可粗可细，但要注意兰叶的走势和空白的处理。兰叶的组织单位为三笔一组，即"一笔长，二笔短，三笔破凤眼"，实际是一组矛盾对立统一的最小单位。一、二笔为矛盾一方，三笔为矛盾的另一方。两组以上组合时，可单组组合，也可交叉组合，但各组的兰叶都应有长短的区别。根部不要平齐，另外还要加些零散之叶以破其规律，使其自然。根部要收得紧，犹如鲫鱼头。散根注意不要零散与破碎，用笔可单提按，要有力，笔笔送到，气运到笔尖，用笔不能出现浮滑的毛尖。另外一种用笔除一般提按之外，加以指腕的捻动和转动。此种方法用笔以臂带腕，以腕带指，指捻动笔管，随势而成。这种画法效果拙涩、厚重，但较难画。叶画完之后添花，花的多少可根据叶子的具体情况而定，可画单朵的兰，也可画多朵的蕙。兰花花梗要适当短些，有些曲折，不可过直。蕙兰的花梗较长，要随势而画，其形可稍

有些S形。花可多可少，有些花要画在兰叶之上，以示兰花之英姿，另外在兰叶之中也要画一些花，以取其势。花要左右相错，有聚有散，既不要正好相背，也不要相对，更不要花距相等，要同兰叶同处在一个大势之中。

菊。花头画法：花头有两种，一种较为规整的圆形花头。此种简单，一般两层，先以淡墨勾，可工整些，也可草勾，瓣子可大可小，墨色可干可湿，笔要准确，有力，要见用笔的起止痕迹。以重墨画花蕊。另一种较为活泼些，花形似八分或半侧面为多，外形变化较大，注意瓣子缺口，两边不要平均，瓣子也要有大小与粗细变化。一般勾花时笔尖蘸重墨先从花心处勾起，逐渐向外勾，墨色逐渐变淡。不要常换墨，使花头有湿、干、浓、淡的变化。一般不点花蕊，如果墨色较平，可再以重墨提勾花心处，重墨点花萼。叶子画法：小写意菊花叶子一般不分反正，只着重在外形与墨色的变化上。菊花叶为五出的叶子，可一笔一片叶，也可两笔或多笔画成。笔顺怎样方便就可怎样画。墨要有干湿浓淡的变化，叶片半干时勾叶筋，叶筋的多少，可根据叶片墨色而定，色平可多勾，色

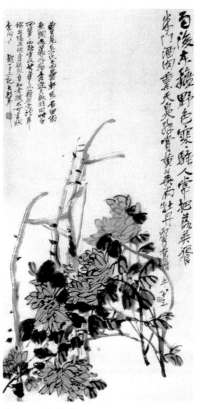

菊花图　吴昌硕　　　　　　　　菊花图　吴昌硕　　　　　　　　仙鹤寿柏图　任伯年

变化较多可少勾或只勾主叶筋。勾时笔要有力，不可太实。菊花叶子较多，因此梗子外露的部分较少，画时要势路清楚。

2．任伯年作品临摹

任颐（1840—1895）字伯年，浙江山阴人，与任薰、任熊并称海派三任。他的技法全面，花鸟、人物、山水都很擅长，工写兼能。他的成熟期，创作花鸟画最多，技法上以勾勒填色、点染和没骨相结合的小写意画最为突出。他善于捕捉对象瞬间的动态，画面充满情趣和生机。他的画取材广泛，多为生活中常见的动植物，让人感觉亲切可爱、生动活泼。构图巧妙多变，常用对比手法，如浓淡、虚实、疏密、轻重等。他的画面中经常安排几个团块，整个画面效果整体、强烈，"布置得法，多不厌满，少不嫌稀。"（清邹一桂《小山画谱》）笔墨流畅，韵味十足，用色清新浓艳，艳而不火，浓丽滋润，对比鲜明，清新活泼，真正达到了雅俗共赏的目的。他善于用水，水色交融，手法轻盈灵活。

《仙鹤寿柏图》构思奇崛，不落俗套。构图上松下紧，老柏一柱插天，枝干盘虬有雷霆万钧之势。把平常的花鸟题材画得如此气势撼人而又不故作奇险，老柏画法十分强调转折与盘旋，在夸张的螺旋式穿插

中孕蓄了无穷的力量，显示了伯年对写意笔墨的出色控制能力；复杂的空间关系，又显示出他受过西画训练的根柢。画面设色也很具匠心，装饰化的白、淡赭、青、绿诸色，拉开了前后层次，显得明净而又丰富。鹤顶一点丹红处于全图视觉焦点上，突出了祝寿的主题。石块大片近乎平涂的青色，加上方硬的外形，成功地抑制了柏树干大堆交织曲线可能造成的混乱感，左下角一丛水仙精雕细琢，看似与全画的简约风格不甚协调，其实非这一堆繁笔重色不足以承受其上柏枝的奇形密线的重量。

3．吴昌硕作品临摹

吴昌硕(1844—1927)，名俊卿。吴昌硕前半生用力最勤的是书法和篆刻。他的书法，由唐楷、晋人(钟繇)而汉隶，再攻篆籀金石，写石鼓文，数十年不断。又以篆隶之法作草书，苍浑奔跃，气势逼人。他的篆刻，自创一体，被称为"吴派"。他喜以钝刀出锋，章法森严而奏刀大胆，或浑朴或雄奇，被称作"集大成"的篆刻家，于1904年被推为杭州西泠印社首任社长。

吴昌硕34岁才开始学画，他承继赵之谦以金石书法入画的方法，又上溯金冬心、徐渭等人的画法，50岁以后逐渐成熟，70岁以后而大成。他在清末与虚谷、蒲华、任颐并称"清末海派四杰"，但他的艺术成熟

梅花图　吴昌硕

蔬菜图　吴昌硕

牡丹水仙图　吴昌硕

期在民国，因而又与黄宾虹、齐白石、潘天寿合称"20世纪传统四大家"。他的艺术中蕴涵着更多的现代因素，如对视觉冲击力的追求和对绘画抒情特质的突出强调。他作画主张画气不画形，所谓"气"，指贯注于作品的充沛的情绪和意志。他的画实际上是清代中期以来书法中渐兴的碑学运动在绘画上嫁接出来的硕果，把以书入画的文人画传统推到了极致。主要以沉厚、古拙、朴茂、雄强的书法用笔（吴最具开创性的是石鼓文、篆、隶、行、草亦皆适于入画）来营造形式美感。主要选择造型灵活多变、写实要求不高的花鸟，来获取最大限度的自由发挥空间，成为花鸟画史上的又一座丰碑。

《牡丹水仙图》写牡丹、水仙，构图颇具匠心。以淡墨写斜坡、山石，略点枯笔。水仙勾花填色，色彩浓厚、盖压墨线。牡丹则以大写意手法点写而成。二者被山石分开，水仙顺坡生长取斜势，而牡丹取直势，直、斜之姿，让画面富有变化，情趣盎然。右下角的水仙小石，起到填补空白、均衡画面的作用。画面整体，牡丹、水仙、石头各为团块，画面层次分明。看似随意，却处处不离法度。

4. 齐白石作品临摹

齐白石（1864—1957 年）原名纯芝，后名璜。他的艺术渊源是明清徐渭、朱耷、石涛、金农、黄慎、赵之谦、吴昌硕的传统，博采众长而融为一体。齐白石擅画花鸟，花鸟既能作工笔草虫，又善粗笔大写意，还将这两种方法结合起来，创造出精绝的"工虫花卉"。水墨意笔写实也是他的创造。齐白石的诗、书、印也都取得了很高成就。他自谓诗第一，印第二，书第三，画第四（一说印第一，诗词第二）。齐白石的风格特点可以概括为三点：①单纯而朴。视觉形式纯净而凝练，含义深刻但直白，观众不费猜测，不劳累，但并无单调感。②平直而刚。他的绘画、书法、篆刻，在间架与笔法、刀法上都偏于平直，由平直而产生刚健挺拔之感。他曾说：手法要简单，效果要最好。平直与单纯是联系在一起的。③鲜活而趣。他笔下的一切都充满生活情趣，体现着生命的活力。他具有农民的乐观向上精神，无文人的无病呻吟姿态，引得各种不同身份、地位的人们的由衷喜爱。

《牵牛葫芦》为大写意绘画之精品，无论是构图、行笔、着色，皆得传神之妙。画中纯以泼墨写出瓜叶，笔法简洁传神，墨色酣畅淋漓，干湿浓淡变化自然流畅。牵牛、葫芦之红、黄艳彩与浓淡墨色交相辉映，设色明丽醒目。以焦墨渴笔写藤，宛转如飞，似游龙入江，挥洒自如，气韵充盈笔端。临摹是从右下方的叶子开始，逐渐向上画，墨色渐淡，不要勤换墨，每

河虾图 齐白石　　　　荷花图 齐白石　　　　牵牛葫芦 齐白石

片叶子中，先画中间一笔，为主笔，要粗大一些，再画两边。注意墨色的干湿浓淡。确定好位置，想好笔路，落笔直取，一气呵成。

第二节　关于写生

一、造型与笔墨

1. 造型

"造型"的"造"字有创造之意，艺术上的"造型"是艺术家通过对生活中的物象加以艺术化处理。中国花鸟画的造型是意象造型，它不是真实地描摹自然界的花、鸟、鱼、虫，而是根据对象的感受，将对象夸张变形，使其变为艺术形象。正如齐白石所说，"妙在似与不似之间，太似媚俗，不似欺世"，中国花鸟画不能只追求形似，那样就会使花鸟画成为说明性的图谱，即使是工笔画也追求意象性、写意性，只是程度上和写意画有所不同。中国画取神、取象征，这正是中国艺术精神的独特所在。西画尚写实、尚摹仿，取其外貌，取其形似。像西方的有些静物画，鸟、鱼和蔬菜都"真实"得像标本一样，画家们也是照着标本写生的，毫无生气。要以形写神，取形的目的是为了写神，只求形似尚易，神似尤难，不能舍神似而不顾，而专攻形貌。不求形似，不是指舍形而空谈精神，形是神的依托，神似是要在形似之外求神似。若舍神而只取形似，则不入画品，苏东坡言："论画与形似，见与儿童邻，"就是指若只拿形似与否作为评价画作好坏的标准，是儿童之见，要于形似之外求神似。艺术家要通过不同的艺术手段，创造出比生活中的物象更美、更典型、更概括、更集中的艺术形象。

2. 笔墨

笔墨结构是指画家从某种创作愿望或主体需要出发，根据表现对象的本质特征，结合自身的感受、个性和修养，综合提炼概括出来的各种笔墨形态及其有机的排列与组合。也就是画家以具有独特审美价值的笔墨形态为因子，通过它在特定环境（画面的题材、主题、造境、章法，构图等）中的衔接、对比、转换与渗透，及笔墨的复加、冲、破合成，形成一定的旋律和节奏，构成完美的意象造型，包括空间在内的虚实境界。从而表现出具有一定审美意

水木清华图　朱耷

义的生命运动与画家的意匠气质、个性和格调，同时也成为欣赏者汲取中国画作品内在精神的物质媒介，亦是艺术鉴赏家、批评家评判作品真伪高低的首要因素。

简言之，笔墨结构包含下述因素：①尽可能丰富的笔墨形态；②笔墨形态间的气势贯穿；③赖以组织笔墨形态的对比手段，如虚实、浓淡、疏密、聚散、干湿、曲直、大小、点线等。笔墨结构没有定型，具有自身的逻辑性，在相当程度上是抽象的。无定型使它自由，逻辑性限制这自由不流于任意乱涂，抽象性则令其不受制于物象的造型原则——它们不即不离，相关但不同一：有时服从于造型，有时与造型重合，有时独立于造型之外。笔墨结构具程式性。程式是笔墨结构逐渐规范化的结果，也是画家对物象进行综合、概括、简化、节奏化、意趣化、形式化的产物。笔墨依存于程式，程式为笔墨的载体。在画史上，笔墨程式的成熟标志着水墨画的成熟。程式即规范，有规范才能有效承传，所以笔墨程式是水墨画得以久远传承的重要条件。程式具有很高的稳定性，但也会随着创作客体与主体的变化而变化。程式如果被固化、被千百次无生殖力地重复，就会失去活力，变成僵壳。笔墨结构具有传情性。像歌曲不完全靠歌词传情一样，国画作品也不全靠内容来表达作品内涵，笔墨结构也自具传情效能。如果把单独的笔墨形态比成交响乐中的各种乐器音响的话，那么，笔墨结构便具有音调、节奏与旋律般的表情能力。具体的笔墨形态的表现力是有限的，但组成笔墨结构之后，就产生了乐曲一样的表情效果。中国花鸟画的造型是线性结构的，且要与笔墨结合。西画是以块面造型，追求惟妙惟肖的三维立体效果，而中国画是以点线造型，将生活中的立体物象加以提炼、概括，总结成线性结构，辅以点，整个画面是平面的。这就要求将立体造型解构成长线、短线、直线、曲线、大点、小点等等，通过这些抽象的点线组成意象性结构，通过它们来传情达意。这样线和点的组织和安排就显得尤为重要，它们的疏密、穿插关系到全局。中国画的线性结构要与笔墨紧密结合，因为必须将线性造型转变为艺术语言，才能使其富有生命力，使画中的造型真正转化为艺术形象。只有恰到好处的造型和笔情墨趣完美结合时，才能做到以形写神，画作也真正成为了艺术品。

二、写生的认识

1. 临摹与写生、创作

临摹是为写生打好基础，在临摹中识结构、通物理、习笔墨、悟画理，掌握更丰富的笔墨技法与绘画规律。临习古人的优秀作品，是向古人学习，向

竹石菊图　原济

前辈讨教，为将来的师造化做好准备。古人云：读万卷书，行万里路。到大自然中去陶冶性情，在大自然中寻求真理。前人的画法画理都是在师造化中创立并传于后辈的，后辈应在师前人的基础上，外师造化，方能中得心源。在自然中验证所学到的各种理法，并能发现、创立新的理法。在生活面前联想历代大师的"笔墨结构"，想想他们是如何用笔墨高度地概括生活的，是如何源于生活而又高于生活的。多产生联想，使临摹学到的技能与学识用于实践，并在实践中"举一反三"。回到课堂或画室中再去临摹前人的优秀作品时，面对画面再联想生活中的物象，在生活与大师之间寻找自我，创造自我，发展自我。这样从临摹——写生——再临摹——再写生的过程中不断地丰富自己，提高自己，为将来的创作打下坚实的基础。庄子所云的"栩栩然之蝶"，是三步曲所成。蝶之为蚁，继而化蛹，终而成蛾飞去。黄宾虹先生讲："师今人者，食叶之时代；师古人者，化蛹之时代；师造化者，由三眠三起，成蛾飞去之时代也。"要成为"栩栩然之蝶"，必须走向生活，在写生中创立自我，用自己的笔墨，画自己胸中之作。

花鸟写生，一般都理解为对花写照，是面对花果、草木、禽兽等实物直接描绘的一种方法。在《辞海》、《辞源》中，花鸟画又称写生，是因为花鸟画，尤其是工笔花鸟画重写生。花鸟写生的本质，可以从以下两方面来理解：一是指对花写照，面对实物熟悉物理、物情、物态，塑造形象，创造典型的过程，不是浅层次的肖似。二是指写花之生意、写花之生机，从而表达人的精神气质，这是花卉写生的本质。生机、生气是我们在写生中要紧紧把握的，我们描写的是一种活生生的生命，以及它与人类的精神感应，画家则是借用花鸟的生机生趣来抒发和表达人的精神情怀。作品要有较深的文化内涵，要反映人与自然、人与社会，以及人与生存环境等诸方面。古人说："天以生气成之，画以笔墨取之。""必得笔墨之生气与天地之生气合并而出之。巧夺天工者在此生机生气。""写生须写出活处，写出其生机生气，写得死僵无生意，便根本违背了写生的本旨。"

2．写生的方法

按照慢写、速写、默写、意写的四个过程进行写生。特别是把意写的训练作为造型训练的目的，意写指导前三写糅在一起，使其成为一个完整的造型训练方案。

（1）慢写（写生）：是培养造型能力和基本方法，

更是搜集创作素材的主要途径。慢写要求客观造型的精微准确，抓基本形，抓结构，从微妙的不同变化中发现特征。慢写是对物象进行深入观察、理性分析、具体表现的过程。

（2）速写：慢写和速写的训练可以交替进行，可以从慢写入手，也可以从速写入手。速写要求迅速、准确、洗练，抓大气势大感觉，通过瞬间的观察记忆，迅速画出其主要形神特征，舍掉细节，注重整体，抓态、抓势，培养学生敏锐的观察力和表现能力。

（3）默写：默写对中国画创作来说是前提，尤其是花鸟画大部分创作都是在默写的情况下进行的(特别是写意画)。没有默写能力，是搞不好花鸟画创作的。但默写的重点不一，方法多样，这需平时多观察、多记忆、多练习，更主要的是通过默写增加艺术想象，以创造出比生活更美的艺术形象。

（4）意写：是中国画训练的目的，将速写时获得的感受，捕捉的动态神情，以及在立意方面的启示，指导写生（慢写）过程中对物象的深入研究，把握基本特征，以及在临摹获得的技法技巧，进行综合思考而形成意象表现出来。通过意写可以加强同学们对国画造型的理解和创造性思维，加强自我判断能力的培养。通过"四写"训练，理顺了从写生到写意的程序，突出了中国画造型特点，也有利于展现个人的创造能力。这是从"以形写神"到"以意写神"的过程，从写生到写意的转化过程是中国画画家要重点解决的问题。

三、工笔花鸟写生

工笔画写生，需要细致，物象的结构关系要交代清楚，将来整理画稿创作时才可得心应手。线描作品的写生，就需要把线的疏密、快慢、顿挫、起收运用到物象结构与整个画面的组织上，同时还要将物象的不同质感表现出来，将构图安排好，使其成为一张完整的具有美感的线描作品。作为写意作品的写生素材，可以简练一些，概括一些，将画面的结构、笔墨、空白、气势交代清楚，应当抓感受，生动自然，不能概念化。像齐白石、潘天寿先生的写生稿，就是寥寥数笔，简练概括而生动地将对象记录下来。其实他们已经在观察、记忆中相当精确地将物象记识在心，并在脑子里形成一幅生动自然的画面，回来挥毫泼墨时将其栩栩如生地跃然于纸上。他们总是能抓住当时的感受，寄情于物象，意象于胸中，靠脑记心识，表现于笔端，多么令人激动的壮举，也是所有艺术学徒所向往追寻的。

工笔画写生可用硬笔，用线的造型手段来描写物象。写意花鸟画写生提倡用毛笔写生，在线条的运用中要注意书写性的表达，不要描画。写出的线条富有较强的表现力与美感，而描画的线条表现力差，也不耐看。要先观察物象的结构关系，要记识在心，然后"置陈布势"，组织画面的开合关系，并确定笔墨的浓、淡、干、湿以及色彩的纯度、明度、冷暖的对比关系。面对物象进行取舍，争取用最简练的笔墨表现最丰富的意象、意境。要以饱满的情绪，大胆挥毫。所谓"大胆落笔，细心收拾"，不能上来就小心翼翼地为形所累。要写意不能写实，要在似与不似之间取形，提炼笔墨，使笔墨的含量得以扩大。

开始阶段可以由简入繁，先从简单的折枝花卉画起，画一枝花，将花的结构表现清楚，利用疏密关系将花与叶子区别开来。花与叶子的用笔也不能相同，因它们各自的质感不同，并将枝干的来龙去脉交代清楚；利用欲左先右、有势，从而生动自然地表现出来。

任伯年　作

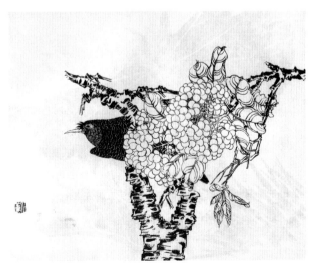

任薰　作

任伯年 作

任伯年 作

既要注意整枝花卉的大的边缘外形有起有伏，参差不齐，既整体，又富变化，更要注意"知白守黑"，将空白大小相间的节奏美感表现出来。还要注意枝干与叶子的穿插、组织关系。多数学生将花朵作为重点去描绘，而忽视了叶子与枝干的表现，结果是画面杂乱无章，毫无气势。枝干是画中的骨架，起到支撑画面的作用，一幅画有无骨气，就看对枝干的布势如何。叶子是辅助枝干取势的，同时使花更具情致，也更能体现出笔情墨趣，给画面带来勃然生机。所以，对枝干和叶子的写生应引起足够的重视，它们的表现难度是大于花朵的，在写生中应当将叶子与枝干作为重点来描绘。画各种叶子要将其结构关系、组织规律牢记在心，记得多了，表现技法技巧也就随之多了。枝干与叶子的写生，要依客观为依据加之主观的安排，也就是"经营位置"。为了需要可以将其他的枝干搬到画面中进行交插换位，只要符合生长规律并不违反理法就行。叶子是随枝干生长的，枝干既定，叶子也可随机应变，但叶子的组织是需要取舍的，有时一幅画会大刀阔斧地砍掉许多叶子只留下少数需要的就可以了。在中国画所特有的意象造型手段中，任何画材都可以变化的，在变化中求生存，在变化中求法理。所谓"遗去机巧，意冥玄化"、"物无留迹，累随见生"、"久则化之，论与物忘"，画者应把自己和造化浑然溶解，无所谓我，也无所谓造化，天人合一，物我两忘，运之于笔，得之于画。

单枝花卉的写生问题基本解决后，就要使画面往更丰富、更具有变化的方面发展。也就是将章法布局更趋于变化，在繁复中求统一、求单纯。一般情况，在写生前要先观察、寻觅，发现见之动情的令人激动不已的物象，再将它表现在画面之上。因之美，才动情。画之前应仔细观察，考虑如何取势方

可表现它的美感与特点，并选取主要物象与次要物象。主要物象一旦择出，次要物象就要依附于主要物象而存在，二者相互照应，既矛盾又统一。先要取势，是占左边角，还是占右边角？是横起，还是竖起？一般情况一幅画总要有两股大势相交相合，此两股势一为画面的主体，一为画中的副体，主体与副体相交相合形成画面的主势。在主势之中又有诸多的分势，相互交合、穿插，起到了丰富画面的作用。但诸多的分势最终要统一在主势之中。主体与副体是一对矛盾，他们的关系是：既对立又统一，相辅相成缺一不可，布局本身就是制造矛盾、解决矛盾。潘天寿先生云："造险破险。"有险才能新奇，破险才有创意。主客体之间要留有相应的空白以确立矛盾的两个方面，否则就不成其为矛盾，在他们之间有分(空白)有合(交插)，对立中有统一，统一中又富有变化。刘海粟论及章法布局讲："我们知道，绘画的构图，其最主要的，在于部分与部分的关系，主要部分和随从部分的分明。部分间关系不清，就没有画的统一性；主要与随从不明，就没有画的重心点。"画面的布置，巨细相称，轻重分明，主客得体，方可使画面在对立中求得统一。

通过写生，在与自然的交流中完善自我。潘天寿先生说："对物写生，要懂得"神"字。懂得"神"字，即能懂得"形"字，亦即能懂得"情"字。神与情，画中之灵魂也，得之则活。"我们应当在写生中，注重抓神与情，这就需要在笔墨上下工夫，充分表达情之所动，神之所传。中国画讲求一个"意"字，用笔用墨要意在笔先，笔笔相应，笔笔相生，方能达到"气韵生动"的效果。笔随心境而生。形与神的关系往往是学生在写生中最难以解决的问题，要尽快地在形之所累中解脱出来。

任薰　作

任薰　作

写生是一个循序渐进的过程，在初始阶段，必为形所累，现在的学生多数都受过西方的素描教学训练，所以，他们对形的追求近于写实，面对自然是被动的描写，对象长什么样子也就画成什么样子，没有取舍，离开对象就画不成画。而古人在自然中是靠记忆来写生的，行万里路画万里江山图。他们用全身心去感受自然，认识自然、使自己融于自然，达到物我两忘，用眼、手写生，这是有着天壤之别的。学生面对物象能够提炼成线并将结构表现清楚，也是有难度的。多数学生由于受"光影"素描的影响，对线的感觉不好，所以画起来难度较大。面对物象光影的干扰，将线提炼出来，完成物象结构造型，这本身就需要有较强的主观意识，而且，还要用各种不同的线描技法，表现出物象的质感和体现画家的各种情感，的确不是容易的事，这需长期的训练。只要在写生中认真感受，提高对线的感受力与表现技巧，是能够得心应手的。

写生是我们走向生活的途径，创作又是我们写生的目的。只有在生活中陶冶性情、精练笔墨、积累素材、丰富经验、发现自我，才能为将来的创作做好准备，打好基础。白石老人说："胸中富丘壑，腕底有鬼神。""我绝不画我没有见过的东西"。白石老人对生活的依恋、对造化的渴望之情令人钦佩。难怪白石作品生趣盎然，栩栩如生，这与他对待生活的态度是分不开的。黄宾虹先生讲："法从理中来，理从造化变化中来。法备气至，气至则造化入画，自然在笔墨之中而跃然现于纸上。"前人的所有理法，都来源于生活，是他们在生活中不断探索，构建了画理、画法，创造了规律，使后人受益匪浅。那么，我们作为中国画继承者，应当在继承中创新，只有师造化，才能使中国画长久不衰并发扬光大，这是我们的责任与使命。

第三节　关于创作

一、构思的诱发因素

构思是创作的基础，凡创作必先构思。绘画艺术与其他文化艺术一样，最终是反映人的，是反映人的思想感情，反映人对自然、对社会的感觉与认识的。当我们设想以某种形式来表达自己的思想，寄寓自己的感情，表现我们对自然、对社会认识的时候，就产生了构思。所以构思的过程，总是以发掘自我感受、归纳思想感情为前提，通过选择题材、酝酿结构、塑造形象，设计格调、意境，安排具体的表现手法等。构思的诱发，有以下三种因素：

（1）因物兴感。在现实生活中，我们不论在日常活动、读书学习，还是在专业写生的过程中，时常会因为见到某种情景而怦然心动，引起联想。抓住这种朦胧的思绪，捕捉到它的基本间架，使其化为具体形象，然后加以引申归纳，使之符合艺术规律，而完成创作构思。

（2）借物言情。作者心中本欲有言，因借客观景物以抒发之，如苏轼所说"有为而作"。作者必须根据要求去构思、去选用素材、经营格局。因物兴感和借物言情，都离不开人对自然的感受，所以"外师造化，中得心源"是绘画构思的基石。

（3）缘势成画。因物兴感，借物言情，都是由人而起，都是"有我"之画。而无我之画，纯粹因物质之间相互作用而自然出现的迹象成画。作画之初，全然不用任何构思，既无须发掘感情，又不必积累生活。

二、构图的讨论

1．视觉中心

人们在欣赏绘画作品时，由于视觉生理与视觉心理的原因，欣赏次序由通观全画——即对画面的整体效果产生一个总体印象；然后通过视点的移动，着眼于画面上最具吸引力的主体部位，这就是视觉中心。视觉中心的形成，是画面构图因素置陈布势的结果，因此，视觉中心即是构图中心，视觉中心是由构图因素的引导形成的视觉心理效果。

视觉心理。构图作为一种艺术形式，其构成方式的艺术感染力要得以发挥并与观者产生共鸣，对视觉审美感受有着直接影响的视觉心理因素则是最基本的条件之一。视觉对外部世界的认识与感受，总起来说是用抽象综合的方法简化事物的复杂性，由总体着眼，由局部的认知入手，再综合成总体的印象。但由于内养与修为的差异，对被观察的对象特性与特征的认识以及审美的好恶，因人的能力而异。主观性因素是视觉心理的决定条件，这导致了在构图艺术中，近似的架构由于作者的内在学养差异，使观者产生完全不同的视觉感受。

视觉心理具有选择性。视觉首先注意到的是最引人注目的东西，这是功能性的视觉有意图的安排，有选择的摄取，也是人类主观能动性的一种具体反应。因此，也就导致了视觉对物象的感知有了一定的次序性。这种次序的先后，使视觉对观察物象的选择有了秩序。对无关紧要的、不感兴趣的部分可以视而不见，对重要的部分可以注重而使之突出。视觉心理具有即时性。视觉心理的即时性，是一种随机应变、边看边联想并通过联想解决问题的功能。现代科学已经证实，人的视觉思维具有理性功能——即对直觉中的事物进行分析、补足、纠正、比较、综合与归纳的本领。就视觉心理在构图艺术中的作用而言，视觉功能的即时性，可以把"残缺"部分运用即时性的联想予以补足，从而得到完整的视觉心理效果。同时可以调动观者的视觉兴奋，使观者与作者产生共鸣，对艺术作品产生联想，构成了意象表现的形式。

视觉心理具有调和性。视觉心理的调和性功能，可以使不同的物象形态如色彩的对比变化、对称与均衡、墨色的浓淡干湿等通过视觉心理的调和达成互补。视觉心理具有感应性。视觉心理的感应性是建立在生活感知基础上具有联想性的

莲塘双禽图　黄慎

心理感受；外在形式所表现出的力度感、动势感、张力感、稳定感、压力感等等具有生命意味的形式符号均产生心理感应，如方形让人感觉稳定,红色让人感觉热烈、兴奋。视觉可以产生视错觉。由于生理上的原因以及外部形、色的干扰，人的视觉感知往往发生错觉，人们通常将这种由生理制约与客观物象的干扰、刺激所产生的错误视觉感受称之为视错觉。视错觉有形象错觉与色彩错觉的区别。形象错觉主要表现在类比方面。客观物象在形体上有着明显大小差异的类比，是最简单的类比现象。视错觉产生的类比是指同样大小的物体由于置列形式与位置的不同，而使本来同样大小的物体产生了视觉上的差异。如同样长短、宽窄的两条线，竖线在视觉感知上似乎要比横线长，对角斜上的直线较之直竖的线与横卧的线在视觉感知上要有力度和气势，同样大小的物体重者感觉小而重，而虚淡者则感觉大而轻。明了视错觉产生的类比效果，对构图艺术的物象安置会有很大帮助。色彩的视错觉主要体现在色彩的互补现象上。中国画的色彩构成因素与西方绘画的冷暖两大互补系统不同，它有着中国画特有的一套互补程式，如朱砂与石青、石绿与赭石等等，而更重要的一种互补现象，则是墨色与彩色的互补。当或浓重或清淡的墨色与或艳丽或淡雅的彩色并置时，由于视错觉的原因，不仅可以使黑色的墨有了彩色的意味，而且使色彩浓艳者不媚俗，淡雅者不飘浮。这种视错觉现象为构图中的色彩运用带来了相对的自由。视觉心理最终形成了视觉中心。视觉中心是视觉心理的综合反应，视觉对构图的视觉注意点是视觉中心产生的根本原因。视觉中心包括两个方面。一是内容或情节的中心，一是形式即构图的中心。视觉中心是构图中所有形式要素的交合点，也是构成形式最终要达到的高潮。视觉中心的构成要素：

（1）位置

在构图中当画面上只有一件物象时，无论其处在什么位置上，它都是视觉与构图的中心，如果画中物象在两种以上，居中者在视觉上仍居首位，其次是居于四边者，最次是居于四角者。因此，由于视觉心理的原因，画面中央位置是最能形成构图中心的部位，四边处是构图中心的呼应，四角处则只是构图中心的陪衬而已。

画面的中间位置虽然是形成视觉中心的关键部位，但如果画中物象的布置四平八稳地居于画面正中，则不仅使人兴味索然，而且也不符合艺术美的构成规律，更无创造性可言。因为绘画的构图艺术毕竟不是装饰性的图案。对此，中国古代画家总结出了"井字四位法"，作为构图中心位置的最佳选择，不仅是对视觉心理因素的巧妙运用，而且切中了构成要领。

齐白石　作

"井字四位法"亦称之为"三分法"。将画面按水平和垂直方向各分为三等份，"井"字上的四个纵横线交叉点，即是构图中心主体亦即画眼位置的最佳选择。画眼处于井字交叉点的任何一个位置上，都可以得到重点突出、构图得势的艺术效果。因为这四个交叉点的任何一个位置，都不仅没有脱离视觉中心的最佳范围，而且有了侧倚变化，使构成产生了动势。

正局的构成形式并不是主体物象绝对居中，而是以交叉点的位置作为假设的对称中心构成布局。整体的物象构成方式上具有对称与照应的关系，从而取得了构图上的稳定与谐调，以交叉点作为中心，在相对对称中求变化，在变化中求呼应，从而形成了一种以正求变的构图形式。

偏局则是指较小的主体即画眼的位置居于四个交

花卉图　袁耀

又点其中之一时的构成形式。偏局取其生动活泼，变化亦多。

传统构图中通常以"井"字与画边相交的八个交叉点部位入手，使画面构成更易于形成动势并吸引观者的注意力，也更易于与主体布置相配合，以达到变化多端而主体突出的目的。

（2）对比

对比手段的运用同样是形成构图中心的重要形式因素。

动与静的对比。在构成画面的因素中，物象有动静之分时，动的物象或有动态意向的物象比静止的物象或非能动的物象更易成为视觉中心。

大与小的对比。在构成画面的诸多形式因素中，物象有大小之分时，大的物体最易吸引观者的注意力，大的物体则成为构图与视觉的中心。

实与虚的对比。物象的布置有虚实之分时，实体因清晰明了，则更易吸引观者的视线，因而实体也就成为构图中心。

线与面的对比。画中物象大都以线性结构形态呈现时，以面(即整体完整的形)的形式呈现的物象则成为视觉与构图的中心。

轻与重的对比。中国画的轻重往往和浓与淡联系在一起，浓者重，淡者轻，重较之轻更易成为构图中心。

整与碎的对比。碎者零乱而松散，当与造型整体的物象布置在一起时，碎则成为整的衬托，因而造型整体的物象因突出而成为构图中心。整与碎的对比与繁与简的对比大致相同。

完整与残缺的对比。完整与残缺是指同类物象或与其相配合的物象，主体物完整，而其他物象则由于遮挡等原因以不完整的残缺状态呈现，因而形成了对比，完整的物象也就成为构图与视觉的中心。

墨与色的对比。墨是中国画主要的色彩构成元素，它与彩色相辅相成。在以彩色为主的构成因素中，墨色因与彩色的对比更易突出，当画面色彩元素主要是黑色的墨时，主体部分如果是彩色则更易成为视觉与构图的中心。

以上各种对比方法反之亦然，如整幅画面都是重墨，那淡墨反而突出。

运用对比手段突出构图中心，手法不胜枚举。例如长与短、曲与直、宽与窄、纵与横、奇偶、聚散、藏露的对比等等。种种方法，不必尽言，总之以利用对比，掌握规律，突出主体，吸引观者视线为宜。

（3）导向

画中物象布置的导向也是形成构图中心的另一基本要素。导向是指置陈布势的总体走势。走势具有指向性。走势指向的部位往往也就是构图中心的位置。

由导向而导致的走势具有运动感，具有运动感的指向性物象越多，主体也就越突出，视觉效果也就越强，构图中心也就越集中。

2．构图的形式美

（1）S形构图

S形构图是中国画构成形式美的最基本典范之一。S形律动既是中国画构图艺术动态的呈现，又包

梅花图　汪士慎

含着朴素的辩证观念，其最典型的体现则是中国道家的太极图。太极图不仅是对立统一的艺术规律哲理性的揭示，更是哲理性与形象性的高度融合。其形象性的两鱼，S形盘旋运转，既动中寓静，又静中寓动，有永不停息之感。在构成上合中有分、分中有合，阳中有阴、阴中有阳，黑中有白、白中有黑，虚中有实、实中有虚。它既包含着对立统一的辩证思维的逻辑性，又具有逻辑思维的形象性，而从构成艺术的角度而言，则包含了绘画构成的全部原理。

黑鱼是画作的实体，即用毛笔、墨色画出的部分，黑鱼中的白点是笔墨中留下的空白；白鱼是画面中的空白，白鱼中的黑点是空白中的实体，可以表现为题款、钤印等。

S形构图与中国传统绘画幅度的特点密切相关。中国传统绘画中长形条幅与横卷的独特画幅形式，促使建立了在太极图原理基础之上的S形构成方式，S形构成方式，可以在画面的艺术构成中自由地上下伸缩和左右调节，可以互变，可以伸延，也可以互相制约。如《清明上河图》是长卷，人物众多，环境复杂，通过横置S形构图解决了物象布置问题。

S形律动不仅在视觉心理上给观者一种柔和迂回、婉转起伏、柔中有刚、刚柔相济、流畅优雅的节奏感与韵律美感，而且可以通过宏观的序列分布，使其在构成中能虚善藏，虚中见实，实中有虚，贯通得势，浑然一体。

之字形是S形律动的变体。它与S形律动的区别是由波形线性的弧形旋转形式转变为硬折线性形态，暗合着中国画一波三折的艺术规律，它的形式特点是连绵不断，而且具有力度感与稳定感。

（2）三线交叉效应

中国画构图的整体构成有多种相应程式，三线交叉即为其中之一。

三线交叉首先具有布陈的效应。布陈是指画中物象的布置安排与陈列。三线交叉的基数为三，老子曰："道生一，一生二，二生三，三生万物。万物负阴而抱阳，冲气以为和。"（《老子·四十二章》）这是道家的宇宙发生观，也是艺术形式美的至理。三数作为中国画构成中物象组织的基本布陈组合，就具有了形式美的特征。而在三数基础上发展开来，画面就有了无穷的变化，三线交叉具有力感效应。三角形是三线交叉的构成结果，三角形灵动而有角，又内含力的象征。而中国画构成中所推崇的不等边三角形，较之等边三角形在艺术效果上更进了一步。不等边三角形在灵动的基础上具有了多变的因素，角有了大小，角与角的距离也有了远近，不仅更加符合形式美的法则，而且由于不等边距离的长短，更加易于取势。

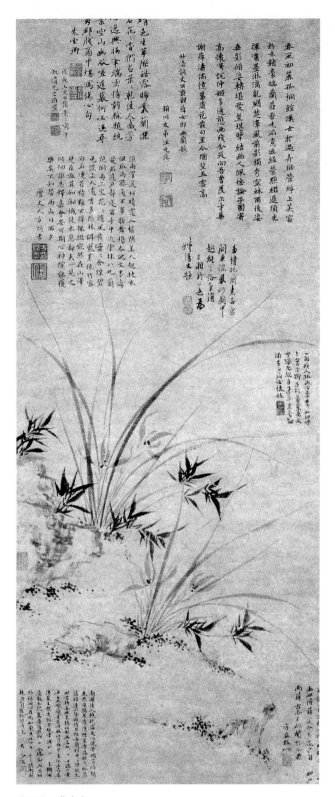

兰石图　薛素素

三线交叉具有层次效应。三线交叉时自然有着前后关系的变化，而前后变化则产生了层次。层次是中国画独特的空间经营方式，是平面空间深度拓展的手段，是物象位置经营的结果。

三线交叉效应构成了构图的骨架与动势，但在具体运用中有主、辅、破之分。中国画画兰法有"一笔长，二笔短，三笔破凤眼"的口诀，这是中国画线性物象结构形态最基本的组织法，适应于所有线性形态的物象组织。一笔长即为主线，二笔短即为辅线，三笔破凤眼是指破线。在画面中，主线，指在构图中起主导作用的物象形态，其位置突出而显要，主线既成，大势已定，构图的成败关乎于此。辅线是主体的辅助，动势依主线而行，但不平行以便产生变化，使主线不孤，又助其势，其形态一般较之主线要短而弱，以示宾不夺主之意。

破线是和主线或辅线交互穿插的物象形态，起着加强变化、破除平板、完善构成的作用。与辅线和主线的顺势而行相比，破线则大多另开一势，以与主、辅顾盼呼应，相应成势。破线的方式很多，既有以直破曲、曲破直、斜破正、正破斜等等诸多变化，又有实破、虚破的变异之分。所谓实破，是指以物象破，虚破乃是指以题款、钤印以及动势趋向、视线连接等虚置的线性状态来破。

主线、辅线、破线既有变化，又相辅相成，其相互生发之机，要在掌握其艺术规律的基础上灵活运用，才能主破互助，画出意外。

3. 花鸟画构图的物象布置

置陈布势，乃画之总要。中国画构图的形式美，着眼于"布势"；而物象布置则是"置陈"，二者相辅相成，互为表里，相依则为用，相离则俱毁，置陈与布势密不可分。

（1）起承转合

"起"往往是近景部分，既要位置、大小得宜，更要见气势；"承"作为起的延续，有与转连接并引导之意；"转"是承接之后的转折变化，往往是画面上最重要的部分，变化既多，物象摆置也丰富，同时又要与起相对应；"合"作为章法构成的结束，要与起相呼应，才能使构成在章法上融为一体。中国画构图艺术的"起"、"转"、"合"为实体呈现，而"承"则可虚可实，要视具体而定。潘天寿先生说："起如开门见山，突见峥嵘；承如草蛇灰线，不即不离；转如洪波万顷，必有高源；合则风回气聚，渊深含蓄。"（潘天寿《听天阁画谈随笔》）非常精辟生动地说明了起承转合的关系和要求。

起承转合贵在得势。势是章法构成的整体趋向，

枯木寒鸦图　朱耷

以及大的构成方式和层次变化所形成的总体的视觉感受。势作为表现画面形象运动的具体化，有开散、聚合、敛张之别，也有险绝、雄壮、磅礴、飞扬、盘曲之分，而起承转合的合理布置，则使势具有了可赏性。起承转合作为造势的形式基础，利用物象布置的秩序感，创造了势的基本形态。首先是势。形势是形象与间架结构之间的势，它是物象的具体布置——即起承转合的具体安排所产生的结果，所谓"置陈布势"即是指此。形势构成的具体化则形成了趋势。

趋势的总体趋向则构成了气势。气势是画面之势的整体呈现，是画面构成与画家的主体创造精神天人合一的境界。起承转合的得势是形成气势的基础。无

势不能显气，势越强，则气越足。起承转合之势，形势是构成趋势的基础，趋势是形势节奏与韵律的具体呈现，是可观可见的。而趋势中节奏与韵律的综合，则构成了气势，气势是可感的，是视觉心理因素与趋势的共鸣。起承转合之势，贵在布势。布势则包含着艺术对立统一的基本规律，其艺术生命力因得势而生。就其具体而言，起即是布势的开始；承，顺势而生；转是势的延伸与变化，是与势的矛盾与冲突，变化万千但不得伤势；合则峰回势聚，取得平衡。起与转为布势而造险，合则为平衡而破险。于险中求势，于势中造险；以不平衡打破平衡，于不平衡中求得平衡，才是布势取势的道理。

（2）开合叠压

开合，又叫分合、开阖。开即是开放，是构图的开始；合即合拢，是开的照应。开则逐物有致，合则通体联络，中有转承曲折的对应变化。开与合有密切的关联性，大到整体构成，小至一枝一叶，起手生发之间的相互照应，都属开合的范畴。小开合作为物象的具体布置，要在大开合既定的气脉走势上，顺势而成，上开下合、下开上合、左开右合、右开左合，错落有致，方能构成变化。一大一小、一轻一重、一长一短、一纵一横都属开合之列，而开合的前开后合或后开前合，则构成了叠压。

叠压有浓淡之分，也有色墨之别，是构成中国画二度空间关系、创造层次变化的主要手段之一。但叠压又不仅仅是简单的轻重和墨与色的区别，它的具体落实，要合于开合之理法，才能使众多的物象互以为用，井井然有序。

开合与叠压同样是一种呼应关系，既前后照应，又宾揖相让，浑然一体。浓淡强弱，动势向背皆合于龙脉之势，才是开合变化之道。

（3）穿插变化

开合构成了物象布置的呼应关系，但置陈的具体结构与穿插方法相关。穿插是画材的排列方式，是置陈的具体安排。中国画的画材排列，以三笔交叉作为基数，三笔交叉则成为三角形。绘画中三笔交叉的三角形贵在不等边，三角形的不等边不仅构成了物象组合的变化，而且其不完全重叠又形成了"女"字交叉的另一种构成样式。

"女"字交叉的变化与紧密较之不等边三角形又进了一步，但其却是不等边三角形的复合状态。黄宾虹先生对此所言："齐而不齐三角弧"。齐而不齐三角弧是不等边三角形，这是生活中最美的形状。

不等边三角形交叉与"女"字交叉的基本原理是对空白的不平均分割。空白不平均分割的排比关系使物象的构成产生了远近，而远近则构成了疏密。不交

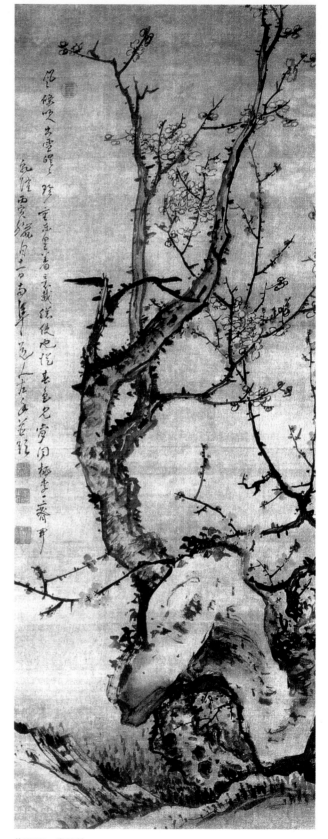

梅石图　高凤翰

叉则疏，交叉则密。平行线没有交叉关系，违背了中国画结构美的艺术规律，为中国画物象置陈所忌。

一忌编篱笆，即空白分割相等，如篱笆的形状；二是米字相交，古人称之为打结。打结使笔线交于一点，扭曲而不舒展。

（4）虚实疏密

中国画构图的虚实有着独特的含义和规律。虚即是空白，实即是画材。虚实，画材之有无。以白显黑，以无衬有，以虚托实。实因虚而生，但贵在实中有变，画材之轻重、浓淡、厚薄、远近都属实中之变化。实中有变，方可变简单为复杂，变平板为丰富。以空白的虚作为制约，才能变中有序，使各种繁杂的物象形态符合中国画的空间规律并各居其位，各安其职，从而使中国画的空间关系带有了很大的主动性。

疏密是画材之间的排列关系，不可与虚实混为一谈。疏密，画材排列之远近，密不嫌迫塞，疏不觉空松。所谓"密不通风，疏可走马"，是指密可到极处，疏也可到极处。但此只是最基本的疏密对比关系，如果没有了制约，只能走上极端而毫无艺术性可言。故而陈半丁先生说："密可走马，疏不通风"，此意是指密中有疏，虽属密的部分，但仍有走马之疏；疏中有物、有序、法度慎严，虽疏而不漏，谓之疏不通风。正是黄宾虹先生所说的"密中密、疏中疏、疏中有密、密中有疏"之意。

画材的疏密排列，除物象外，题款钤印也是画材之一。潘天寿先生曾说："古人画幅中每有用一件无疏密之画材成一幅画者，在画面上自无排比交错可言，然题之以款志，或钤之以印章，排比之意义自在，疏密对立自生，故谈布置时，款志、印章，亦即画材也。"（潘天寿《听天阁画谈随笔》）此理适应于中国画构成形式的所有方面。

但疏密却与空白密切相关，疏密的变化即由空白分割的大小远近所构成。老子曰："知白守黑"，即是说黑从白现，深知白处才能守住、处理好黑处。亦即深知虚处、着眼于虚处，才能画好实处，掌握好实处。实处外露，是物象的形态与结构，易于注目，虚处空白，是画中无画之处，则易于疏忽，故而实处易，虚处难。

虚实相生，繁简相托，虚中有实，实中有虚。虚实疏密构成了画面之节奏，既可以互补，又可以互生；虚以实救，实以虚救，贵在随机应变；以实显虚，以虚求实，以疏衬密，密中求疏。

（5）边角处理

中国画构图的边角与全局相关，处理不当，则全局阻滞。故而潘天寿先生说："画事之布置，须注意画面内之安排，有主客，有配合，有虚实，有疏密，有

岁寒三友图　金俊明等

齐白石 作

芦花飞 于博

高低上下，有纵横曲折，然尤须注意画面之四边四角，使之与画外之画材相关联，气势相承接，自然得意趣于画外矣"（潘天寿《听天阁画谈随笔》）。边，是指画纸之四边；角，是指画面之四角。边角处理的基本要求，既要使画面中物象与画外之景物产生联系，又要使画面具有相对的独立性，或者是封闭性，其目的在于整体完整，元气内敛，开张有度。从全局来看，四边四角的处理要虚虚实实，既严谨慎密，又不失空灵。

中国画的画幅四边，在构图中是作为直线计算在构图之内的，故而画材布置不可与纸边的直线平行。如画材不可曲折，则要用其他物象破一下，以免板滞。

画之四角如有空白，最忌方形和等边三角形，以

窗前的花　于博

芰荷香远　于博

不等边的形状或参差不齐为美。画之四角，最少要封住一角。所谓封，即堵住的意思。但四角不能全封，可封一角或两角，如封两角，则要对角封，以避免平行，增加变化。最多可封三角，但最少要留一角不封，否则过堵过闷。如四角都不封，则构图不完整，意境的表达也受到局限。封角可用画材——即具体物象封，也可用题款，最常用的是印章。如已用画材封角，再钤以印章，则为重复封角，作用是一样的。

因此，边角的处理因构思立意与构图方式的不同而各异，虽无一定格式可循，但其辩证规律却是共通的。

（6）伸、引、回、堵、接、泻

中国画的构图，布局大势既定，有时小处需加以调整。小处所占位置虽小，却与全局气脉相关。以下诸法，是中国画构图作局部调整常用的方法。

伸。画中物象，虽构图形式需要伸延，但因物象形态上的局限，已无法由其本身来完成构成需要，此时利用题款、钤印或另加某种物象加以延长，以完成构图的整体构成。此法称为"伸"。

引。"引"使用的原因与"伸"基本相同，但使用的方法却不一样。"伸"是利用实体将物象的位置加以延伸，而"引"是使用吸引视线转移的方法完成画面的构成变化。"伸"是静止的延伸，"引"往往有动的意向。此法称为"引"。

回。画中气势过于外泄，或物象构成过于向单向发展，再收回来，以使气势内敛，使动势趋向有回旋的变化，从而使构成变化多姿。此法称为"回"。

堵。画中气势过于外泄，或物象构成过于向单向发展，但又无法利用"回"予以解决，因此利用物象

或题款将其势挡住。此法称为"堵"，与"回"有异曲同工之妙。

接。物象布置或起承转合断开，或开合呼应程度不够，总之是构成形式上缺一过渡环节，因此，利用题款或某种物象予以补充以完成过渡。此法称为"接"。

泻。画中物象布置向单向发展太盛，或过堵，由某处将气势向另一方向外流，以使画中物象布置自然融洽。此法称为"泻"。

以上是中国花鸟画构图的一般规律，如何对待传统与创新呢？传统是在历史的积淀中形成的规则，对于初学者来说规则是迈向成功的阶梯，是一个成熟画家所具备的能力。规则又是创新的基础，创新是最终的目的。发现新的构图秩序，真正创造出富有个性的新构图。

任薰　作

三、品格的修炼

人品，即画品。反过来，画品，即人品。画如其人，人的品质，代表了人的精神面貌，界定了个体自己的精神审美。人品，即人格，而人格涵养界定了作品的审美要求。物为画之本，我为画之神，而"我"，即是人品、人格，或是人的精神内涵。作品同样也需人格、气质、品味，而物我两忘，天人合一之境界，便是人即是作品，作品即是人的一种至高境界状态。而作品的本质本身，是需要表明意图的，这意图，是想法，是观念，是捉摸不定的情绪，是真一不二的行为状态。而表明意图，也就是要"说话"，要讲些什么，这本是作品的本质所在，无论善也罢、恶也罢、美也罢、丑也罢，都在发自肺腑地表达。所有这些都是个体生命人格涵养的真实验证。现实主义也好，浪漫主义也好，抽象主义也罢，无非都想说点什么罢了，只不过采取的方式、方法不同罢了，借物抒情，传情达意是之为也。不论高雅、低俗、策略、角度，一并成为人格涵养的验证。作品生命力所在，便是人格、人品、人格涵养，没有人的精神的作品，作品只能成为行尸走肉。当然，作品需要创作，需要完整、完善，人格涵养也需经历萌养，转变，转化，沉淀。在变与不变中，生根、发芽。人与自然，人与社会，共同存在形成了诸多关系，而在此中，形成了人类生存发展的舞台，并决定了共性与个性的角色，宏观与微观之间，容纳了人类个体自身的性质、品格，有其推崇尊重的，也有其反对摒弃的，既是个体的，也是共体的。不论怎样，对于我们，对于画面，我们有我们共同追求的、不断完善的理想。正是这，提供了我们思想的舞台。正是这，奠定了我们美好的人格涵养。而作品本身，通过视觉传达，验证了我们的追求与向往，验证了我们自身个体的人格涵养，同时，也验证了民族、社会的人格涵养。精微处见精神，虽是一丝一毫，但牵动着人本身的精神作用，透过画面，终究会沉淀出一些东西，一些结晶，一定会有些永恒的东西在里边，信念通过诸多格局，终会结晶于深海的水面。创作特别是学生的创作，处于技术、技巧不够完善，思想不甚成熟的阶段，就是应该致力于人格涵养的验证。

课题思考：

1. 结合临摹过的作品谈学习体会。
2. 临摹与写生、创作的关系。
3. 谈临摹名画的体会。
4. 怎样理解构图。
5. 如何创造构图的形式美。
6. 结合自己的创作实践谈构思。
7. 结合一件范本分析其笔墨技法。
8. 如何认识构思。
9. 结合自己的创作实践谈构思。

潘天寿

第**3**章

人物篇

本章要点
● 关于临摹
● 关于写生
● 关于创作

第一节 关于临摹

一、笔墨的内容

笔墨是门综合艺术，包含了人的多种修养的总和，内容有造型、构图、风格，画家的书法、诗文、篆刻、美术史论等修养，画家的个性、情感、情操，时代风气、相应的文化历史情境、中国人的智慧特色等等。正如郎绍君在《笔墨论稿》中所言："笔墨是由传统水墨画工具材料性能所规定，在长时间的技巧训练中形成的造型、写意、表趣方式和手段。毛笔，水墨依照一定程式在纸、绢、壁上作画时产生的点、线、面、团、叠加、渗透、摩擦、转折，行笔疾徐、轻重、粗细，用墨运水多少所产生的光涩、枯润、曲直、方圆、厚薄、齐乱种种效果，这些效果引出的刚柔、遒媚、老嫩、苍秀、生熟、巧拙、雅俗种种感受。"笔墨依存于程式，程式为笔墨的载体。笔墨程式是水墨画得以久远传承的重要条件，程式具有很高的稳定性，但也会随着创作客体与主体的变化而变化。死守程式就会墨守成规，停滞不前。笔墨有形态之别。不同形态能唤起不同的视觉心理感受。传统画论有一套词语系统，来描述笔墨形态及相应的感受经验。如生、熟、平、留、滑、涩、方、圆、轻、重、薄、厚、苍、润、筋、骨、肉、老、嫩、刚、柔、清、浑、巧、拙、朴、华、甜、辣、物趣、天趣、浮薄、甜热、苍润、生拙、荒率、苍莽、遒媚、雄劲、娇憨、缥缈、剥落、蹲跳、潜伏、嵯峨、奇峭、平朴、险峻、熟后生、热外生、微茫惨淡……等等。笔墨结构的核心因素是用笔——笔是笔墨结构的"骨"，是变化多端的笔墨"力的样式"的根本来源。这些笔墨话语，看似模糊，

明月种树图 汤禄名

却恰当地传达了笔墨操作和欣赏的经验，是可以充分意会的。笔墨的内容包括：

（1）笔法

所谓笔法，即中国画特有的使用毛笔造型的方法。在中国水墨画中，毛笔的使用有着具体的程式规律与品评标准，笔力的深度与广度都具有极高的审美格调和品位。因时代的不同，用笔的特征也在发生变化，加之每一个人的喜好，秉性差异，导致用笔变化的差异。但是不管用笔如何变化，如何有差异，近代画家黄宾虹所总结出的用笔"四要素"还是值得我们认真体会。这就是"用笔须平，如锥画沙；用笔须圆，如折钗股，如金之柔；用笔须留，如屋漏痕；用笔须重，如高山堕石"。

（2）执笔

执笔的基本原则是"指实掌虚"。"指实"是为了把力量运于指端，使指端灵活地运力于毛笔。"掌虚"是为了转动灵便，使毛笔有较大的回旋余地。

（3）运笔

在运笔方法上，书法与绘画则有很大不同，这是因为书法是表现组成文字的抽象符号，而绘画则要表现艺术形象。齐白石讲过："凡苦言中锋用笔者，实不懂绘画之道。"书法运笔多用中锋，多为一气呵成，用笔具有单向不重复性，而绘画用笔除了要用中锋以外，还要用侧锋、逆锋、笔腹、笔根，有时为了补充用笔之不足，也可以用戳、泼、染等多种技法的配合运用，用笔可以重复。所以绘画上的用笔更为丰富。运笔就是要通过各种方法把人的力与笔毫的总弹力，巧妙地结合起来形成一个合力。我们用力学的观点来分析，运笔时要涉及到两个力，一个是人的力，另一个是笔毫的弹力。笔是由成百上千根毫组成，一般地讲毫是空心的，只有毫的尖端有一部分是实心，我们把这部分称之为锋，每一根毫都有微弱的弹力，这许许多多分散的弹力，经水墨组合起来，就形成了总的笔的弹力。人的力通过将笔正用、

十六罗汉　第二尊者　赵琼

猴待水果神图　张思恭

永乐宫壁画　朝元图（局部）

侧用、顺用、重用、轻用、虚用、实用、纵得出、遒得紧、拓得开等全部解数施展开，如果能找到运用这种合力的"巧妙劲"，那么写出字、画出画来，就会有力透纸背之感。运笔之要点是把人的力与笔毫的弹力结合起来，使之合拍。这里边有个巧劲，必须经过相当长时间的训练才能运用自如。要求腕灵，是借人的手腕灵活，使力达纸上；笔活，是指借笔毫总的弹力使墨线灵活。

二、技法的讨论

艺术的进程是人类在对技术因素的一次次否定的基础上发展起来，新的技法更能为推进人类的艺术进程所用。研究艺术中技术层面的问题是一个重要的课题。中国传统的人文精神存在着重精神、低技术的现象，认为技法问题是形而下的次要方面，随着社会发展技术的更新，技法的精湛与成熟往往代表了艺术风格成熟的表层现象，从某种意义上讲，重视技术也就是在重视艺术。因为各种艺术形式必定要靠技术来承载。展开中国水墨画技法研究，就是在以往的历史研究基础上从新审视技术的重要性。

进入现代以后，一些现代艺术家和批评家对传统艺术的批判与否定是在相当程度上就是从技术化和工具化层面展开的。但无论怎样用理论去摆脱技术因素和工具化，在艺术上都离不开工具和技法的介入，传统人文精神的影响与变化和当代人对往昔的解构，都需要我们去审视传统的技术与艺术，人类社会也正是在不断的否定基础上不断地进步，否定不只是对以往传统的反叛，也意味着对传统的修正，即去其糟粕，同时也意味着新规则的建立，新技法的产生。新技法与新图示内容的更替意味着新规则的建立，新的艺术形式的产生也就成了必然。

笔墨是中国画形式特征的灵魂，笔墨具有相对独立的审美价值，它在表现内容的同时有自我表象的相对自由，充分显示笔墨情趣的形式美感。笔墨技法从古至今都有一套严格审评的标准与独特的审美角度。黄宾虹说："画中三味，舍笔墨无由参悟"。笔墨技法训练是中国画的基本功，必须给予高度的重视。因此对中国传统笔墨技法的研究与考证，对中国绘画的发展创新有重要的实际意义。

"笔墨当随时代"，它是不断发展的，不断丰富的，不断改进的，也是不断个性化的。不同风格的画家有不同笔墨风格的作品。不同的时代也有不同时代的整体面貌，提倡技法的传承与创新，在理论深度上给予完整的清理整合，形成系统的理论专述，对于后期的水墨画发展与技法研究有重要的价值。技术方法的问题在艺术中是讨论艺术如何物化的问题。随着艺术本质含量外延的变化，中国水墨画在继承的基础上有自我观察、客观提

炼、形成充分个人化的艺术表现。艺术作品的形成过程也就是技术方法的推进与成熟过程。因此明确技术、方法、手段自始至终贯穿着整个艺术的变化过程。

中国画的教学是一种技法实践与理论相结合的艺术形式。技法理论的完善无疑会给艺术实践强有力的支持。所以加强研究分析是水墨绘画艺术的坚强基础。

三、工笔人物画的临摹
1．关于临摹

工笔人物画的临摹方法有两种，即复制法和还原法。复制法须酷似原作，从依托材料到技法、设色都要仿真、做旧，把白纸素绢等染成旧调。具体方法是：以栀子泡水，配以红茶、淡墨等作地儿，染旧，再配以冷暖、不同色相如赭石、藤黄、花青等调配出近似原作的色彩基调。还原法则须在临摹之前，做一番"读画"工作，仔细研究、揣摩，考虑原作当时的色彩效果，还其原貌。临摹主要有对临、摹临、背临等方法。对临：是面对临本，起稿、勾线、设色，仔细研读，领会画中精神内涵，学习临本的艺术技巧，这不仅学习了勾染技巧，同时也锻炼了起稿、构图的能力。摹临：是将临本放在透明的熟纸或绢的下面，直接勾出线描稿（若印刷品小，可复印放大），然后设色完成。

八十七神仙图卷（局部）

八十七神仙图卷（局部）

八十七神仙图卷（局部）

八十七神仙图卷（局部）

八十七神仙图卷（局部）

这种方法要求接近原本，效果良好，虽练就勾染技艺，但不锻炼造型和画面经营的能力。背临：即默写，对临本进行仔细分析、研读后靠"目记""心记"，用笔默画出来，再根据稿子勾线、赋彩，此法只要掌握临本大的气韵和内在精神便可以，不可能面面俱到。

临摹须注意以下问题。读画：无论什么临本，在临摹之前，都要先仔细研读一番，如内容、情节以及艺术上和技法上的特点等。领会越深，收益越大。临摹时一定要分析研究前人是怎样用线和色彩来表现对象的，怎样高度提炼概括的，怎样去表现人物的形体结构、透视变化和内心世界的。临摹可以学会丰富的表现技巧和形式语言。临摹时可选择不同技法的线描样式、重彩风格的作品进行临摹、研究。如《八十七神仙卷》，作者即靠密密的长线组成灰调子，使画面中的小块空白人物的脸部较为突出，又利用高低参差、前后重叠等关系使画面富于节奏、韵律，层次分明。从此作品的艺术成就和线条的组织方面来看，都可以使我们得到很多有益的借鉴。重彩画临摹应着重研究画面的色彩关系，研究前人怎样安排色彩，使画面达到理想、丰富、完善而统一的艺术效果。重彩画的临摹还要研究画材，如临本的依托材料、制作技巧等，这都关系到画面的艺术效果。临摹作品要注重风格的多样性：学习诸家是一种手段，目的是通过临习，借鉴传统、广泛吸纳、博采众长、开阔视野，既可学到丰富的表现技巧，增强审美品位，也学习前人

午休图 张大千

调琴啜茗图（局部） 周昉

挥扇仕女图（局部）　周昉

将生活变成艺术的意匠、手段和创作方法，从而真正理解艺术规律与精神实质，为写生和创作打下坚实的基础。

2．名作临摹

《簪花仕女图》临摹步骤：

步骤一：勾勒墨线。使用细狼毫勾线笔中锋勾线，用现研好的上等油烟墨，并根据画面物象色的深浅不同，适当调和墨色的浓淡。人物线描应简劲圆浑而有力，细腻流畅，而不作挑趯之笔，体现唐画古朴的特点。用重墨勾头发轮廓，发髻与颈后头发用稍淡些的墨虚起虚收，有根根出肉之感。用淡墨勾脸及手臂，重墨勾仕女的上眼皮、黑眼珠和眉毛，以不同深浅的墨色勾出衣纹服饰等。长扇的线用重墨勾，扇面图案用淡墨勾。丹顶鹤的眼、嘴、黑羽毛部分及腿、爪轮廓用重墨勾，白色羽毛用淡墨勾。

步骤二：分染。以重墨平涂头发，并处理好发髻与皮肤关系，再以重墨染出仕女的眉毛，颈后头发稍淡些、松动些。头上荷花瓣顶尖颜色均以朱磦分染。鹤嘴、黑羽毛及腿、爪均罩以重墨。

步骤三：罩染。贵妇人头上的荷叶用汁绿（栀子+墨+花青+赭石）罩染。皮肤及头上荷花均以蛤粉罩染，注意蛤粉应调成牛奶状，否则太厚不易画匀，要注意与发髻晕染开。贵妇长裙用朱砂罩染，披帛用赭石、胭脂加少许墨罩染。女侍内红裙和发带用朱砂罩染，宽袖纱衣透出胳膊以外的部分用淡墨加赭石罩染，并用朱砂分染衣纹。扇面绿叶用花青加栀子（或藤黄）罩染，整个扇面再以淡蛤粉罩染。鹤羽以蛤粉罩染，丹顶以朱砂晕染。

步骤四：深入刻画。以重墨复勾出上眼皮与黑眼珠，染出眉毛，再以略重墨勾出嘴缝，用胭脂画嘴唇。贵妇头饰中的两个圆珠用朱磦画并勾金线，头饰金色与白色部分需用金粉（丙烯金可代替）和蛤粉勾描。手中小花用淡朱磦罩染，以朱砂分染，手镯和筷子用金描画。用蛤粉在纱衣纹旁勾描复线并画出图案。披帛上的图案先用蛤粉画出，之后在其上面分染朱磦花瓣和花青叶子。女侍发簪用金勾描，宽袖纱衣的衣纹和菱形图案用朱砂勾勒。以蛤粉画腰带衣纹的复线并画出腰带图案。鹤黑羽以重墨画出。

步骤五：反衬。把画反过来，利用绢质地的透明，做反衬法，用蛤粉反衬皮肤、荷花、扇面、鹤的白羽毛，用朱磦反衬长裙等。

步骤一

步骤二

步骤三

步骤四

簪花仕女图

3. 名画赏析

《虢国夫人游春图》是根据杜甫《丽人行》"三月三日天气新，长安水边多丽人。态浓意远淑且真，肌理细腻骨肉匀。绣罗衣裳照暮春，蹙金孔雀银麒麟。"的著名诗句而创作的，构图呈现前疏后密的舒缓曲线状，描绘了杨贵妃的姐姐虢国夫人和秦国夫人、韩国夫人春游行动的场景。作者运用细紧的线和浓艳的色彩精致地刻画出每一个骑马贵夫人的体态和服饰。作品体现了盛唐的辉煌璀璨与雍容华贵的画风。

虢国夫人游春图（局部） 张萱

虢国夫人游春图（局部） 张萱

历代帝王图——孙权

历代帝王图——曹丕

高逸图　孙位

《高逸图》。在中国人物画史上，描绘高逸之士是极为重要的一个母题。作者孙位是中国绘画史上第一个被正式归为"逸格"的画家，具有很强的写实功力，擅画人物、松石等题材，笔力雄壮奔放，画中人物面部表情刻画细微精到，线条流畅劲健，设色富丽，典雅华贵，并采用水墨法与工笔设色相结合的手法，为后人树立光辉的典范。

《历代帝王图》。相传为唐代画家阎立本所绘，是一件典型的礼教绘画作品，此画共画了自汉至隋十三位帝王肖像，包括：西汉昭帝、东汉光武帝、魏文帝、蜀主刘备、吴主孙权、晋武帝、陈文帝、陈宣帝、陈废帝、陈后主、北周武帝、隋文帝、隋炀帝。《历代帝王图》的艺术成就代表了初唐人物画的新水平，在古代人物画史上有着重要的地位。依据礼教功能需要，画家既需注意表现帝王的威仪，又需要表现他们的个性，作者借人物的瞬间表情来突出其境遇、才情与品格，同时画中也蕴涵着画家本人对每位帝王的褒贬。

《永乐宫壁画》。元代是文人水墨画的成熟期，工笔人物画逐渐式微，但并未失传，泰定三年（1326年）完成的永乐宫三清殿壁画，规模最大，画工最精。内容是诸神朝元，二百九十个神像都达2米以上，形象各殊，错综雁列，井然有序，线条劲挺流畅，色彩灿烂绚丽，体现了作者在构图设计、形象塑造、绘画技巧上的极高才能，备受世人瞩目。

《西厢记——佳期》。王叔晖是我国现代著名工笔人物画家，擅画仕女画，创造了一整套工笔人物画技法，具有深厚的艺术底蕴，在她的笔下产生了各类个性鲜明的人物形象。《佳期》是《西厢记》连环画中的代表作品，描写一对有情人在经历了一番磨难之后，由于红娘的精心安排，而在夜间私会，此时红娘将莺莺轻轻推进张生的书房；莺莺的端庄秀丽，大家千金的风度，面带羞涩而内心充满幸福的神态表现得淋漓尽致，令人回味无穷。

《石窟艺术创造者》。潘絜兹先生早在上世纪40年代就曾去敦煌，潜心研究古代壁画，并临摹了大量壁画作品，如此辉煌的壁画，使其感慨万千，激动不已，在心灵深处产生了强烈的震撼。于是在1954年创作了这幅作品，表现了劳动人民创造物质文明也创造了精神文明这一伟大真理。他的绘画传统功力深厚，兼能吸收东西绘画长处，形成富丽、典雅的个人风格。

《魂系马嵬》是一幅历史题材的绘画作品，表现了唐玄宗的宠妃杨玉环被缢死于马嵬坡的历史故事。安史之乱爆发，玄宗出逃四川，行至马嵬坡，三军不发，要求玄宗处死杨贵妃的哥哥杨国忠，后又缢死杨贵妃。原来专权擅宠的皇妃，转眼便沦为黄泉之鬼。此画再现了贵妃临死前的场景，近卫军官兵气势汹汹，失去了君王庇护的杨贵妃似在仰天呼号无辜。用工笔画的表现形式能传达出这样宏大的场面，实属不易。这幅作品不仅显示了工笔画的卓越表现力，并且将工笔人物画推进到了一个崭新的境界。

魂系马嵬　何家英

西厢记 王叔晖

永乐宫壁画
三清殿东壁 局部

石窟艺术创造者　潘絜兹

第二节 关于写生

一、工笔人物的写生

1. 白描人物写生

　　白描也称线描，是中国画造型的主要表现手段和基本的风格特点，有着悠久的历史传统。早在一千五百年前南齐谢赫，在其《古画品录》的论画六法中就首创"骨法用笔"之说，这是中国画家有别于西洋画家的出发点，即在观察形象时，重在形体自身结构及这些结构所形成的精神实质，以笔墨放笔直取，这就形成了中国画以白描为造型基础的审美要求和民族特色。白描成为独立的画种产生于唐代，始于唐代著名画家吴道子，千百年来无数画家和民间画工在白描艺术上不断努力、探索，积累了丰富的经验。古代画家在线条上创造了名目繁多的画法，后人总结为"十八描"。"十八描"中有相似的，如高古游丝描、行云流水描、蚯蚓描，均大同小异，钉头鼠尾描与秃笔撅头

榉草（局部）　宋丰光

永乐宫壁画　三清殿西壁　白虎星君

榉草　宋丰光

西厢记　王叔晖

西厢记　王叔晖

描也只是在用笔长短粗细上略有区别。中国画白描，基本上可分两类，即长而有力的铁线描和顿挫鲜明、起落有致的钉头鼠尾描。其他描法都出自于此或是它们的演化与变异。

初学白描，应宁繁勿简，单用细线精到刻画，不轻易放过所见的一切，这并不是提倡繁复。对于

维摩诘图（局部）　李公麟

女人像　李梅

初学的人，在取舍上还没有过多的本领，养成巨细无遗地观察物象的习惯总是利大于弊，待技法熟练之后，再进行大胆取舍。日常练习中，学会用铁线描，间而用一些钉头鼠尾描作基本练习，坚持多年必有收获。

2. 工笔淡彩人物写生

工笔画分淡彩和重彩。淡彩画是文人画影响的结果。

他们强调墨色在画面中的地位，因而在墨线勾勒的基础上，往往略施粉彩，基本以墨和透明色（植物色、水色）为主，适于表现清新、淡雅、虚幻、朦胧的意境。中国工笔画所用的颜料为植物性与矿物性两种（也包括少量动物性的），以画面效果看，前者为透明色的，可层层叠加，便于渲染；后者为不透明且覆盖力很强的天然石色的结晶体、粉末状颜料。工笔淡彩的着色方法

清明　何家英

葛振甫像　曾鲸

空间　傅宝民

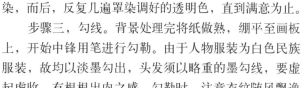

基本以透明的颜色（水色）植物色（花青、藤黄、栀子、洋花、胭脂、墨）为主，有时也用少量的石色。通过层层分染、罩染、多次叠加而达到预期的色彩效果。工笔淡彩人物画写生步骤示范：

步骤一，铅笔素描稿。起稿前认真研究画面结构构图及人物的动势、表情外部特征等，从而确立画面的构图笔调、色彩、意境等要素。画面描绘一名朝鲜族青年妇女迎风而立，昂首远眺，风舞动着她的衣裙，也舞动其身后的片片落叶。她微眯着双眼，略显忧郁的表情，像在感怀时光如水，转眼间青春已逝。

步骤二，背景处理。背景处理无论是在表现作品主题思想方面或是在形式美法则上，都是不可或缺的重要组成部分。为了烘托人物体现画面意境和氛围，背景采用了高级灰色调，为画面作了铺垫：先将皮纸揉成所需的肌理走向，并借助皮纸半生半熟的性能，用浓矾水擦

染，而后，反复几遍罩染调好的透明色，直到满意为止。

步骤三，勾线。背景处理完将纸做熟，绷平至画板上，开始中锋用笔进行勾勒。由于人物服装为白色民族服装，故均以淡墨勾出，头发须以略重的墨勾线，要虚起虚收，有根根出肉之感。勾勒时，注意衣纹随风飘逸飞扬之势，应采用圆润细致、秀劲古逸的高古游丝描。

步骤四，渲染颜色。首先自头发开始分染，要耐心多染几层，注意要淡些，墨里可适当调一些赭石、栀子之类的颜色，使其耐看，有颜色倾向。发际处理要有节奏、变化，注意与肤色的联系，鬓角与颈部头发的处理要虚些、空灵些。接着点染瞳孔、眉毛、鼻底线、嘴角。在染肤色前，先用栀子调花青而成的淡绿色刷一遍，而后再用朱磦、赭石、洋红等分染，如此既有血、又有肉，同时色彩又统一在冷暖的变化之中，微妙自然。接着以淡赭石、栀子加入少量的墨分染衣服的凹处，分染时注

素描稿

深入刻画

背景处理

时光〔局部〕　傅宝民

韩熙载夜宴图　顾闳中

韩熙载夜宴图（局部）　顾闳中

意要松动，使衣服与景物联系起来，做到和谐统一。

步骤五，深入刻画统一完成。对面部再做深入、细致的刻画，作为第二表情的手也应处理好。接着用赭石渲染衣领、袖口等处，再将玉佩与头簪精心雕琢，最后用淡蛤粉统罩衣服二至三遍。整幅画面在做到线与色、人与背景、细部刻画与整体观照都相互融合、浑然一体、虚实相生、气韵生动，至此，才算完成。

3. 工笔重彩人物写生

工笔重彩画是以勾线工细严整、设色浓艳匀净而著称的。所谓"重彩"是与"淡彩"相对而言的，就是所使用的颜料为晶体粉，习惯称石色。

传统的工笔重彩画主要有两种表现形式，即卷轴画与壁画。历史上传承下来的卷轴画有《簪花仕女图》、《虢国夫人游春图》、《韩熙载夜宴图》、《历代帝王图》等优秀作品。壁画则是一种在墙壁上刷以白土粉、涂以胶矾水后进行勾线并以天然矿物色绘制的方法。壁画作品流传下来的更为广泛，如敦煌壁画、永乐宫壁画、法海寺壁画以及新疆、西藏等地的壁画作品等。

工笔重彩画从构图到细节刻画都具有一定的程式化、条理化和图案化的装饰风格。这种近于平面的装饰以表现现实生活形象的真实性为基础，因而富于绘画性而有别于图案。工笔重彩偏重于线描和色彩，但在一丝不苟的细致描绘中，自有大胆取舍、变形变色、夸张意象的创造所在。工笔重彩画在长期发展过程中，积淀了一整套严密的规范体系和独特鲜明的艺术风格。特别是在传

敦煌舞伎　张大千　　　　　　　　捣练图（局部）　张萱

统颜料石色的使用上有其独到的程序与方法。试想在经历了千年之久还可以看到敦煌唐代壁画上闪烁着石青、石绿、朱砂等矿物颜料的晶体光泽，这启示我们天然矿物色的性质是极其稳定的，是经得住岁月磨砺的，这是任何人工化学颜料所不能代替的。可以说，没有矿物色，就没有工笔重彩画。工笔重彩写生步骤示范：

步骤一，素描稿。起素描稿是重彩画的一个重要环节，它关系到作者对画面的构思、构图、造型及表现等诸多因素的把握，因而不可马虎，不然制作中会出现许多不必要的麻烦。本图所描绘的是一位盛装的朝鲜族新娘。

步骤二，做背景。此画用温州皮纸绘制，将铅笔稿拷贝好后，把纸矾熟，绷平于画板上，勾墨线，先把背景颜色画出。由于画面描绘的是盛装新娘，画面主调是红色的，故背景处理为红灰色，这样便于画面色调的控制与整体把握。

步骤三，面部刻画。此幅画为肖像画，所以面部刻画是重中之重，要认真对待，应将新娘的喜悦与羞涩表情加以强化。考虑到人物服装为朱砂色，所以面部颜色应采用些互补因素，即将面部底色以少许栀子调花青而成的淡绿色罩一遍，之后以赭石多遍渲染，两个"红脸蛋"用洋红渲染，要注意表情的刻画与塑造。

步骤四，服饰画法。衣服与头饰在颜色的设计上，大部分为红色（朱砂）的，先以朱磦罩染，而后以朱砂分染，多遍完成，衣服中的图案先以蛤粉平涂。画上所需的紫灰色花与石绿的叶子、簪也一同用石绿画出。头饰下黑灰色的带子上的金色图案先贴金箔，再以石色淘

《煦》 素描稿

煦 傅宝民

《煦》 做背景

煦（局部） 傅宝民

高原　傅宝民

暖阳　傅宝民

半身像　傅宝民

染完成，背景再洒些碎金箔，以增加喜庆气氛，同时也与画面服饰中的金色相呼应，至此画面再进一步作以调整，统一完成。此图技法的特点：①石色（不透明色）、水色（透明色）和半透明色（面部色赭石）结合，形成画面中的虚实相间的效果。②装饰性与绘画性手法结合，因而画面既具有写实因素又具有装饰意味。

二、意笔人物的写生

1. 写生的特征

（1）意象观察与意象造型

绘画的不同造型方式，是来源于不同主观认识指导下的观察方式，观察是主体与客体相通的桥梁，因此，观察方式决定了造型性质。具象绘画造型的观察方式，是指向自身以外的客观世界，是导致能真实地再现客观世界的客观观察方法。抽象绘画造型的观察方式，是指向自身以内的主观世界，是导致能达到主观幻象理想的主观观察方法。意象造型观察方式是既指向自身以内的主观世界，又指向自身以外的客观世界，是导致以自身体验客观物象又与客观物象融为一体，最终达成物我交融、"天人合一"妙境的意象观察方法。

意象观察方法不把外在的真实作为猎取的对象，而是透过表象发现其内在的气韵和神采。同时还要摆脱客观真实的束缚，运用中国画特有的表现形式和笔墨规律对客观物象加以提炼概括，运用主观上的体验加以表达和处理，达到内容与形式的完美统一，精神与表现的完美统一，主体与客体的完美统一。

①以神起观：意象造型产生于中国的"天人合一"的审美理想，是一种能将内心与外物同时加以关照的观察方式。在观察客观物象时，要穿透客观物象的表象去直接抓住物象的本相（如神韵、气质、境界等）。在观察时不光要用眼睛观察，同时还要以"心观"的方式，用心灵去感受体验客观物象，在符合了客观本象的同时又要与自己的"心源"交相辉映，所以，"心源"在意象观察中占有头等重要地位。所谓"外师造化，中得心源"就是一种内心与自然"应目会心"的体验结果。这种艺术体验方式必须由"心源"与客观的内容相关联，做到"观山则情满于山、观海则情溢于海"，要求从观察的开始就要抓住能体现事物神韵的本相，以神起观，触景生情，有感而发，使特定的物象观察与特定的精神氛围相互生发，才能赋予客观世界以无限生机。这样，在观察时就要对内心世界和客观世界同时加以关照，将物质世界的自然状态精神化，将偌大一个自然世界消融于自身的精神天地之中，而自身的精神又依托于自然质地得以展现，最终实现自我精神与客观物象的高度契合。

②凝神取形：在意象造型方式上，同时包含了主观与客观的双向性。客观通过主观得以反映，主观通过客观得以再现。要想反映主观精神，必须找到能反映主观意象的媒介，通过对客观物象的"目会神通"，来反映自己的主观情感。如何"取形"，是依靠艺术家对客观对象的主观"参悟"来实现的。在观察与表现客观对象时，不是将客观物象搬运到画面中就可以代表主观情感，用漠视的目光看物象的外表并没有什么不同，激不起内心的波澜，只有敞开自己的心扉，以自己的真性面对世界，在"凝神"中"取形"，在"澄怀"后"味象"，让自然精神与内心相会，才能品出与自身一致的自然真性来。例如在表现农民的形象时，可能会找到一种厚朴、憨稚的真性来，从中也许会"迁想"到山的博大与敦厚，找到能暗示某种精神意蕴的形式来。这就是中国传统造型艺术中关照人本、关照自然的独特方式。通过"物观"与"我观"的方式，在观察中"积好于心"，在想象中"迁想妙得"，这时表现出来的"形"已经不是自然之形了，而是通过与自然的悟对神通后，取来的心象之形了。

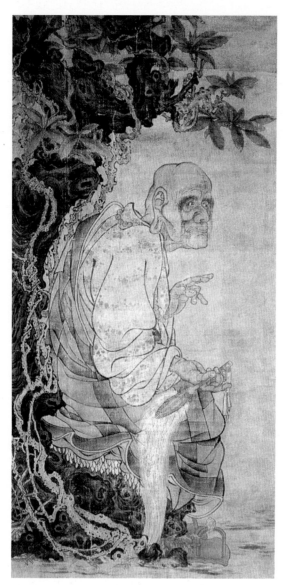

罗汉图 贯休

泼墨仙人图 梁楷

　　贯休画的《罗汉图》，运用夸张变形手法创作出心中罗汉的神韵，表现出罗汉那不食人间烟火的形象，充分地体现出了佛的威灵。

　　③炼形造型：一般来讲，客观观察方法只是对物象外在形式做视觉接触式分析，人的内心还隐藏在感觉与感受的背后。而意向观察方法则通过对客观物象的"悟对神通"，达到主客观精神上的交融，这是两种不同的观察方法。客观的观察方法在相当程度上依赖于视觉进行，因此，它必须依赖于客观性的绘画媒介来对这种观察进行复制，如色彩、空间、明暗、光影等，它所表现的语言因素在客观原形中都能找到。而意象观察不着眼于物象的表象，因此，就不全部依赖于视觉，它所采用的语言形式，也就不需要和客观真实相对照，那么，绘画的载体形式就要能够代表主观思想。中国绘画的载体形式"笔墨"，恰当地适合了这种造型方式，"笔墨"要想承载起表达思想感情

的语言，就必须加以熔炼，使之能随着主观精神思想变化而变化，或"干裂秋风"、或"润含春雨"，或精微、或粗犷，最终能成为表达思想感情的个体性符号。

　　梁楷的《泼墨仙人图》，大墨简笔，草草泼洒，水墨酣畅淋漓，画成仙人的宽袍阔袖，又逸笔草草勾画出五官神态，仙人醉态迷蒙蹒跚行路，表达得生动至极。

　　要将笔墨同主体精神对自然的感悟融为一体，就要对客观物象的选材进行取舍，可以入画的取之，不可入画的舍之，遗其貌取其神，求神似不求形似，得意而忘形，因此在造型的开始要经历一番筛选冶炼，所谓"触目横斜千万朵，赏心只有两三枝"，也就是在炼形中的选择要精而又精，"赏心只有两三枝"不是直接将物象搬运到画面中来，而是将物象放在胸中熔炼铸造，待到它被抒写的时候，已经是具有自己生命的一个心象了。

　　④形型传神：是借助于客观所见之形，造心中所感

李白行吟图　梁楷

红与黑　戴成有

之型。形型传神不是给内心找个展示的机会，借题发挥，而是主体与客体通过交融凝结后，使物象烂熟于心，达到主体精神与客观物象的结合，通过绘画作为中介得以展现。也就是把生活客体最终通过精神化过程转化为艺术，最终成竹于胸。这时艺术家所造之型已不是客观之形了，郑板桥所画的竹，已不是自然之竹了，八大山人所画的山也非自然之山了，而是"似与不似之间"的再生品。这是他们在对客观物象体悟中找到的心底答案，是艺术家与自然达成的某种默契。在传你的神的同时，也传了我的神，达到"以形写神，神形兼备"的造型过程，是实现"形型传神"造型理想的过程。

梁楷的《李白行吟图》可称为"形型传神"的绝笔，画家以概括简练的线条，空灵深远的境界，表现出诗人的飘逸潇洒不拘法理的精神气质。作品体现出了画家由体悟到表达，实现"天人合一"妙境的创作过程。

⑤意象取神：意象是中国画造型的核心。它是一个完全有别于西方艺术的创造过程。写意人物画要求形神兼备，因此，如何取神是首要的问题。意象这个概念在我国古代文艺理论中早已出现并形成了不同的解释。古

人所说的意象就是：画家心中抽象的意蕴最终要呈现为具体、可视的形象。所以，意象被画家笔下描绘出的最终结果是可言、可视的完整艺术形象。画肖像画，表现的主体是人的形象，所以表现人情、人性、人的精神活力，是作品成败的关键。但是人的真性情、真神气，不是在任何时候都表露出来的，常常是在不要拘束的自然状态下，在活动与言谈中表露出来的。因此在写生时，切忌迫使对象正襟危坐，一动不动，稍有变动立即纠正，这样作画，形象没有不神呆气滞的。应该在融洽的气氛下，通过和对象交谈，去了解对象的身世、性格，又解除了对象的拘束之状，使画家与被画者处于自然、轻松、融洽的气氛中，不怕对象姿态有所变动，这就是动中取神之法。任伯年笔下的传神画，形象极其生动，形神俱妙，就是运用了动中取神的方法。动中取神，必须做到意在笔先。立意是画家内心进行意象转化的心理过程，是由自然形象转化为艺术的意象的必经之路。立意的思维过程一定要全神贯注，扫除杂念去凝神结想，在与对象进行心理感情的交流中，画家主体的神情与客体的神情往复交流，达到物我两忘的境界。取神要善于抓取代

表对象内心世界的表情，尤其是眼睛的神情，主观取神法所表现的形象，就是符合齐白石所说的"似与不似之间"的意象，是写生和写意的结合，是肖像画的一种意象和情趣契合的特殊形态。主观取神法，不是脱离客观生活的主观臆造，而是要求画家有丰富的生活，对各种人物的神情表现十分熟悉，恰当地把生活中感受到的人情、神态移入对象之中，才能创造出有血有肉，真实自然的理想神态。

⑥用线写形：写意人像写生，对形的要求首先以能够传神为标准，这就是以形写神的原则，人像写生时目的是研究真实生活中的人的形神关系。同时写生还有一个训练造型能力的目的，故要求基本上尊重客观形象，有一个形体的准确性及形象的形似的要求。主观的夸张、变形等艺术加工都不能离开这个基本的准与似的要求。故人像写生的原则是在形似的基础上求神似，在准确的基础上求夸张。具体的运用语言就是用线造型。线是中国画家绘画创作过程中，用笔造型的重要语言，是创造意境的重要媒介和形式要素，是中国写意人物画的基本造型语言。人类早期在绘画创作过程中对线的运用，一开始就不是对大自然客观物象的表面模仿，而是对客观物象进行辨识、理解和归纳。因此，它具有了很强的抽象性和概括性。线在大自然现实世界中是不存在的，非自然物象所本有，它是人类对物质本质概括的一种发现与创造。因为线条在表现自然物质外在表象时舍弃了可变的色彩、光影、明暗，它只能抓住最本质的、最稳定不变的内在生命结构的基本特征，是艺术家概括物体本质的最直接手段。线描的主要目的就是训练线造型的能力，故用笔用墨时，一定要意与象合，笔随意行。线的笔墨处理，主要是为表现对象形神服务的。也就是要根据画家的意去处理笔墨，而画家的意要产生于对象的神与形的感受，通过主客观融合而形成一种线组成的意象形象。这样的线条，每一根线既能恰当地表现对象的形与神，又同时体现画家主观的情趣和形式意蕴，使线条超脱摄取轮廓的原始内涵，而进一步去表现形象的丰富内涵，并进一步传神达意。线造型的形象体面关系，是一种表意性和提示性的，要靠欣赏者去想象与体会，而不是欣赏者看到的逼真的形体。正因为线造型这种局限性，使线形艺术具有更大的审美价值。而画家在用线表现形体时，要比用明暗塑造形体的方法难度大得多。它要求画家比素描明暗方法有更强的体面观念，才有可能用几根线去表现人体一定的体积感和空间感。正如程十发老先生所说："用明暗造型，要有形的概念；用线造型，要有体积的概念。"线的体积体现在线的方向弧度和穿插上。如果缺乏体面观念和空间观念，所表现的线就不可能给观者立体的提示。中国画的线条具有独立的审美价值，中国画的线条融入了书法的用笔技巧，使"书法入画"，除

小憩图　戴成有

表现形象之外，更有了一种抽象美的"书意"。中国画中的线条独立于客观形象，它所体现的是书法的节奏抽象美。中国画线条在书写中，随着运腕的顿、挫、起、伏，线条即呈现出疾、徐、快、慢不同速度的韵律感。所以，中国画的线不仅可以写自然物象之形，而且能进一步表现自然物象内在的"力感"、"生命感"、"韵律感"。

（2）意象素描造型基础训练

我们首先要知道学习素描是为了解决哪些东西，明确这一点，对我们的学习具有指导作用。

素描是艺术家个体创作的产物，是一种个性化的基础造型研究。素描训练的目的是为了研究造型，是为了设计或勾画艺术家创作时的想法。所以，素描训练应该针对专业学科的不同要求而设定造型研究课题，在课题训练中更应注重个性化的培养，提倡体验性和实验性，强化对艺术的感知力和对形式方法的探寻与解决能力的培养。

①眼睛要看到的"意象"：意象素描是对中国画艺术造型与艺术感知的综合训练。面对繁杂、面对简单、面对真实，人们习惯于直接地去看，他们看了，但并没有真正地去看见。如何去看？要看到什么？成为意象造型训练中所要面临的问题。在素描训练中面对客观物象，我们一直习惯于看比例、看结构、看虚实、找骨点，"画准"似乎成为我们素描训练的起点以至

终点。还有我们着力的技巧，有时也要求去规范的表现。可当我们面对那些似乎"准确"的画面时，却发现感动与生命已经远离了画面，当我们再一次想把素描转化为水墨画面时，又一次发现三大面、五调子已成为意象感知的现实羁绊。

　　意象造型根植于传统文化，深得中国人文精神的滋养，同时也受到外来文化的碰撞。我们曾经站在东西方的十字路口，带着对造型问题的思考，审视历史留给我们的课题。当我们带着这样的课题去思考时，会发现焦点透视带来的是一种被束缚了的空间，明暗光线反而使画面更加暗淡，中国画的造型似乎在西方绘画造型理念的夹缝中体验。但当我们翻开传统画卷，忽然发现在那里造型还别有洞天，那分明"不准"的透视，那纷而不乱的线条，那仙风道骨的形象，是否为我们找到了理解意象的支点！固然，传统有传统的

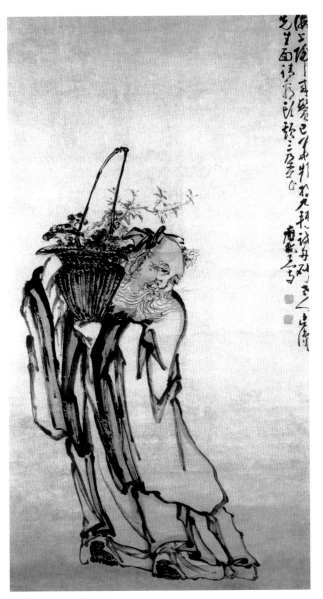

捧花老人图　黄慎

携琴仕女图　黄慎

文化经营，现代有现代的文化体验，但我们却从中找到了离开表象的观念，那应是一种对生命状态真实的再现，是对自然律动的情感体验；是对艺术形式没有拘束的表现。为了实现这样一种艺术实验，近现代的大师们可谓前赴后继地进行着实践，陈老莲、任渭长、蒋兆和、徐悲鸿、周思聪……他们站在不同的时代坐标上，进行着不同的文化理解与艺术实践。

　　陈老莲、任渭长将传统造型的程式化推向了精神

洛神赋图　顾恺之

化的极致，蒋兆和、徐悲鸿站在东西方艺术中间努力地实践着它们的融通，周思聪等一些当代艺术家，一方面解读着东西方现代艺术的表述理念，一方面用生活的历炼去诠释自己对艺术的体验。

②内心体验到的"视点"："造型"，造什么样的"型"，不是一个广泛的概念，而是艺术家在艺术实践与体验中得出的自己的答案。我们也许能从东西方大师们那里找到些许的答案，当我们回望那些大师的作品时，我们会发现他们的绘画作品分别有着不同的感觉，即使是写实的古典大师们的作品中的造型也分别不同。他们的画面似乎离我们常人看到的很远，那些

具体的真实已经飘离了画面，显然造型已经经历过了某种锤炼，他们是将具体的真实引向某种精神蕴藏和美感蕴藏的切实体验。我们看到高更在塔希提岛的妇女身上找到了丰腴厚朴的造型美感，莫迪利阿尼在女人体上发现了弧线形式的美感，顾恺之用他的"高古游丝描"再现了"洛神赋"那飘逸的画面，吴道子用他的"兰叶描"体现了抒情达意豪放的表现。这时我们才发现我们看到的东西实在是太具体了，却丢掉了无限蕴藏的精神情感和造型的关键。于是，我们也得出了一个答案：要在艺术创作的层面上去实践，要用内心的情感去体验，再去挖掘艺术形式并加以锤炼，

提炼出自我对造型认识的主线，以点带面，逐步开阔自我对造型研究的"视点"。

③澄怀观物、造心中之"型"：我们在以往的素描训练中，习惯于套用先验理论来对造型进行表达，努力从所表达的对象身上找到能和理论相匹配的因素，表现出的东西基本是对理论实践的图解。而感觉、感受、体验、精神、蕴涵却退居其后，那种鲜活、生动、直接的感受基本荡然无存。而意象素描训练的观察和表现方法，主要是注重内心的体验，需要我们洗清自己内心的固有理论，给自己的内心存留更纯净的空间，让思想不带有任何成见，更不要被客观真实所限，去感受、实践那些

耐人寻味、意趣盎然的形象，让眼睛变得像孩童一样童贞，一路寻寻觅觅，去触发自己的灵感，找寻和内心意趣一样的切入点。从你看到对象的第一眼、一瞬间找到的能触发你灵感的东西，以后一切都要附属于这些表述，开始编织你内心的形象。如同打毛衣一样，先要有一个头绪，确定编法，再建立秩序，这是属于你的秩序！这样的过程是一种用直觉观察的过程，用心灵体验的过程，用思想参悟的过程。它是直觉的随机引发，是心灵的激情闪动。

意象造型方式与其他造型方式的不同点在于，更多的要依靠"参悟"的方式，造型的过程与其说是看

出来的，不如说是"悟"出来的。"参悟"的过程是要依靠某种体验上的积淀，它有时要靠引发、靠"迁想"，有时要靠内心激情的自然喷涌，有时依靠眼睛对形象"意味"的寻找。我们面对客观对象时，首先要感应整体形象传达给你的"气质"，这种"气质"是生命与精神的结合，是要通过"应物象形"来表述的，是一种对形象"迁想"后的"妙得"，是依靠某种造型意味来传达的；其次，在表现时不要注意外在的真实与准确，

六祖斫竹图　梁楷

更不要顾及表现上的法度，为了表达内心感受的真实与准确，可以不择手段，画脏、画黑、画乱、画腻都可以是你选择的手段，要把对表象准确的刻画放之一边，极度的"像"会使你要表达的东西面目全非。所谓"大象无形"，就是不把那些表象看作是事物的本相，"大象"是内在蕴藏的某种精神，因此，我们还是要回味那条古老的遗训："以形写神，形神兼备。"

（3）平面造型

无论怎样一种绘画形式，必须依赖于一定的视觉空间方式和相应的造型手段才能得以实现。具象写实性绘画因为要传达真实性的要求，必须依靠三维空间才能得以实现，相应的造型手段又必须以焦点透视及块面、明暗、虚实等表现手段才能达到再现真实空间的视觉效果。意象绘画由于它对意象语言表达的特殊要求，则采用二维平面空间作为表达意象思维与感情的手段，依靠的则是散点透视方法作为平面空间的表现手段，是既独立于自然又与画者内心相通的空间形式。

作为中国画造型的二维平面空间，是把真实的自然形态空间转化为艺术形态的空间，这种空间关系不是从自然中模仿来的，而是随着艺术家对创作的需求而摆脱了自然空间的束缚变成的一种空间形式。艺术家在创作时需要对形象取舍、加工、组织，把自然空间转换成能够构造理想画面结构的空间关系。意象造型的平面空间是庄子美学"无拘无束"自然空间的体现，是中国文化对形与形之间、有与无之间、黑与白之间、阴与阳之间的哲学思辨方式。形与形可以互为变化，有与无可以互为主体，黑与白可以互为转换，阴与阳可以相互生发，这一点我们从八卦图中可以理解到中国文化对空间的关照方式。在画八卦图形的阴阳鱼时，画完了一个图形的同时另一个图形也会自然出现，这是一种阴阳互补的辩证关系，在画一个形时考虑的不是形的本身，而是此形与彼形关系上的变化统一。如同剪纸一样，剪出一个正形随之又出现一个负形，负形也可为正形，正形也可为负形，正与负要同时关照，这是一种极富抽象情趣的关系。又如主客体的关系，白可作主体，黑也可作主体，就要看画面如何变化，黑白之间要始终相互连带、相互浸透。变化格局如八卦、围棋，都产生一种相互咬合的结构特征，书法更是如此，它以线型的文字作为构成的媒材，在纸上切割，产生一种抽象的美感。写意人物画的造型通过笔墨的混沌与剔透、线与线之间的分割、线与墨之间的穿插、黑白灰的排列构成、阴阳关系的组合等，使平面空间产生千变万化的魅力。

由于写意人物画在造型空间上运用的是平面空间，相应的透视结构也是一种平面推移中的惯性发展，前后关系主要依靠层层递进的方式，如同千层饼一样靠的是线的层层叠压和形与形之间的节奏变化，画

任伯年　作

面的纵深空间是通过笔墨形态的强弱、结构的穿插阻截暗示出来的，是在平面中求变化。中国绘画的这种推移式透视结构，要求在考虑造型的同时也要考虑到构图，造型与构图必须整体经营，利用线与墨的交织、黑白灰的节奏来分布画面。造型中的空白，不是放之不管，空白并非真的空白，它也是造型中的一部分，与造型以内的地方同样重要。画内与画外、黑与白之间有一种结构上的连带关系，必

须整体经营，也就是篆刻理论中讲的"知白守黑"、"分朱布白"的艺术经营理念。

（4）以线造型

综观中国绘画史，从技法形式的角度来看，中国画始终没有放弃用线造型的传统。最初出现的线是没有粗细变化的中锋圆线，如游丝描、铁线描，线条都比较单纯，中锋圆转、起行转收、力量均匀，墨迹自始至终，粗细一致。直至唐代吴道子开始有了粗细变化的兰叶描。到了宋、元时期，由于文人画的逐渐兴起，苏东坡、米芾、赵孟頫等文人画家大力提倡"书法入画"、"书画同源"，用来造型的线不仅加强了书写性，而且有了干湿浓淡的变化。随着清代力倡碑学的兴起，又有了追求金石碑刻味的画风，使用来造型的线逐渐丰富起来，线条具有了多重的审美因素。中国画的线也在几千年的不断斯磨中，逐渐发展成熟，成为了今天完整的线造型体系。

以线造型是中国绘画的基础造型方式，也是意象造型和平面造型得以实施的手段。"线"作为中国画造型的主要手段，它所要承载的东西实在是太多了。中国画造型与表现基础要旨就是"骨法用笔"，所谓"骨法用笔"，自然有表现结构和骨气的含义，但更多的是一种力量与"气韵"的表达。它是集内敛、含蓄、凝重、韵律、气质于一体的，这更像是传统文人的品性，所以它不但承担着艺术的表达功能，更是人文心性的迹化，性格的体现。"画如其人"，自古以来的文人始终在品咂着毛笔与宣纸之间的线条，他们在自然与人文中反复体验着"线"的滋味和魅力；"线"也同样滋养着文人的性情，他们不但把写字看作是一种交流活动，更是从中体验着生命的谦逊与激情。唐代画家吴道子看到裴将军舞剑，体悟到了笔法的挥洒与豪放，书法家张旭又从公孙大娘舞剑中成就了他的书法挥泻与遒劲。他们通过"线"的起承转合、回旋舒放、一波三折，抒发着文人的精气神。

中国画为什么必须用线来造型呢？这不仅与中国画使用的工具材料有关，同时也与意象审美要求的表现方式有关。一方面，锥形富有弹性的兽毫毛笔，其长处最适合表达丰富多变的线，加之中国画使用的宣纸，敏感的纸基，更为线的表达及笔墨的发挥提供了语言表达的默契；另一方面，对于意象造型来说，线是意象造型能最终得以充分实现的最佳造型手段，中国画用的线，不仅仅用于界形，除界形功能外，更主要的是能体现中国画所特有的美感。所谓"一笔立其形质"，它可以表现形状的质感，对所表现的对象作不同程度的皴擦肌理处理可具有一定的量感，通过线条的勾勒和运用相应的结构方式，画面会产生不同的结构张力，还可以表现出空间结构的变化，通过线的虚实强弱的布置，线形的不同走向，暗示出形状的深

任伯年 作

任伯年 作

度关系。它还可以表现出不同美感的构成，通过线的穿插、重叠、疏密来表现画面结构的节奏与韵律……所有这些，是其他绘画所不能做到的。线的作用还不仅停留在造型表述层面上，更重要的一点，它能直接表达精神意蕴，可以通过线的干枯润涩、快慢迟速、转折顿挫来"传情达意"、抒发性情，使其具有独立的审美功能。

（5）意笔线描造型训练

①观察：在素描造型训练中有一种最行之有效的观察方法，即整体——局部——整体的方法，是通过比较、分析再进行综合的观察方法，这种观察方法在意笔线描中同样适用。不过在具体的观察方式中却有着很大的区别，在针对一个具体的形象时，素描中的整体与局部的理解方式采取的是一种聚焦式的观察方法，所观察的不光是形，更重要的是对体积的观察，通过对体积的高点与低点的比较、分析，综合出具有一定真实空间效果的三维形体。意笔线描在整体观察时则是将视线散开的，从观察的开始，就要把目光放在对外部基本形和内部结构的整体把握上，发现形象的整体运动方向，然后定"势"。当画一根线时，要整体地看这条线与其他线，特别是不露痕迹的隐线和虚线所共同圈定的基本形状，而不是形体的本身。这种观察方式要求，在观察中不是被动跟着客观对象对位，而是要通过观察进行提炼，剥掉对线造型的不利因素，去掉体积，把所见到的带有体积、透视、色彩、空间等纷乱的因素归于简单，提炼成能够被线所表达的平面结构。再将线造型平面结构归于笔墨当中去，用笔墨的目光重新审视客观对象，将客观对象所提供的表达因素归于笔墨的语言表达方式中。

②理解方式：在写生中有一定的观察方法，还要有与之相适应的理解方式。理解就是要主动思考，避免拷贝式的被动描画。在素描造型中常把复杂多变的形体归纳为球体、方体、圆锥体等几何体，中国画造型中切割形的方式也与此类似。不过这里把形体理解为圆形、方形、三角形、梯形等一些基本形，这些基本形犹如一个形的储存库，可以随意调动支配，在造型训练中根据对模特儿的分析综合理解，有效地调动这些基本形，组合成具有一定造型功能的平面结构。写生中用几何形的方式去思考是一种整体的理解方式，切不可看成为一种用几何形表现的方法，要把几何形归于生动的造型中去。把客观的形体结构理解成为主观的线形结构像是翻译过程，是两种语言的对话，表述的内容是一样的，但最后所表达出的语境是不一样的。

③表现手段：中国画造型的表现特征是求形似，不求体似，造型不造体，将三度空间缩成二度空间后再进入画面，以线来确定形，再以皴、擦、点、染来充实形，全部的表现手段用于对"形"的变化统一和对"形神"、"气韵"的追求。

意笔线描造型训练在具体表现时，要从大形着眼，小形入手。画时是从一笔一墨塑造五官开始的，始终要胸怀大局，掌控大的基本形，只有大的基本形把握住了才会不失整体。抓大形要主动，通过归纳、强化、联结、合并、简化等调整手段来实施造型。抓住了大形后便可划分小的形了，进一步运用皴擦深入刻画微妙的起伏及细小的变化。

在抓形的同时还要注意艺术处理手段，制造变化，利用各种对立的因素来制造平面形状的视觉趣味。如干与湿、强与弱、曲与直、粗与细、大与小、繁与简等。有了变化还要统一，让形与形、笔与笔、笔与墨、墨与墨都能发生有机的联系，画面达到通幅贯气，使笔墨表现成为造型的整体。这种造型的整体感是通过造型中的"形"与"神"同笔墨表达的默契达到的，是带有主观性的表现，是利用各种表现因素及艺术构想综合统一后的整体倾向，它是一幅画的整体意蕴，是写意人物基础训练不可忽视的重要环节。

2. 速写

（1）速写的意义

速写是每位艺术家公认的最佳训练造型基本功的手段，是观察生活、研究生活、记录生活的最好方法。在生活中大量地画速写，能够大大提高敏锐地观察捕捉运动中的形象的能力，更能提高形象的记忆、概括能力以及以线造型的能力。所以速写是写意人物画的造型基础之一。写意人物画的特点是强调书写性，不允许反复改动。人物造型又比山水花鸟造型困难得多，只是依靠课堂模特儿的写生，是不可能解决写意人物画所要求的造型能力。所以速写是最便捷的造型训练手段，可以不计场地、不需要完整的时间和复杂的条件。画大量速写，能真正掌握人体的运动规律和造型规律，迅速提高生动的造型能力，能真正熟悉生活，熟悉人，触发创作的灵感，提供创作所需的形象素材，并在生活中领悟和掌握各种形式规律，提高构图的能力。

（2）速写的方法

中国人物画的特点之一是以线造型，所以速写也要用线来画，工具因人而异。在画速写时，要注意多观察、多动脑筋想，通过头脑的辨识、概括的过程，加上想象和记忆的功夫，这就是：目识、心记、意测，速写思维三个阶段。画速写的方法，可以由慢到快，由静到动，由繁到简，由细到放，由单人到多人，由局部到场面，循序渐进。画时可以有一定的轻重节奏的变化，也可以画出一定的调子和空间。用笔要自信，要注意稳、准、狠。要注意落笔肯定，抓取人的情态和基本形体，不要陷入细节中去。要注意有虚实变化和线本身的组合构架关系，以及疏密关系、穿插关系。稳了就少出错误，相对的速度也就快了。心浮气躁，心手不相应，就会错误

百出，欲速不达。所以心一定要静，手一定要稳。准，是速写的关键，只有在准的基础上，才能进一步追求形象的夸张，表现意趣。狠，是指要有胆量，要大胆落笔，不怕画错，敢于肯定，敢于舍弃一切次要的不必要的细节。速写最好的状态就是生动，没有了活脱脱的生气，速写就失去了意义。所以画面要体现出"结构紧，笔墨松"，收的是内在的规律，松的是表现的方法。规律不变，表现方法可以千变万化。由于速写的速度快，不容多加推敲，难免出错，因此画速写时重复多笔去改错是不可避免的，只要在多道线条中有一道线条是准确的，就达到了速写的目的。有时留下一些重复线，反而增加画面的生动性和艺术情趣。

组合速写最主要的应注意安排好构图，选取一定的环境，使人和景组成一个主要情趣的画面。构图时要注意用景来衬托人物，把人物安排在画面中比较突出的位置，环境不要画得过多过满，要留有适当的空白。这样的速写画好了就是一幅有独立价值的艺术品。多人组合速写构图比较复杂，特别要注意人与人之间的相互呼应关系。在组织多人的画面时，可以根据画面的需要来增减、挪移。视觉范围内的人物形象和动态不理想的，可以舍掉，把别的地方好的形象和动态加进来。

要画好动态速写，先要多画单人的动态和小动态，熟练后再画人的动态和组合的活动场面。画动态要注意三点，第一点要认识和熟悉人体部位的运动规律。决定人的动态的是人体中能够运动的各关节部位，不能运动的部位的变化是由各关节的变化决定的。第二点是要抓决定动态的主要部位先动笔画，如下弯的人主要是腰的运动决定的，所以要先抓腰背的动态线；有的主要是臂的运动决定了全身的动态，就要先抓臂的动态线。第三点动态速写要整体观察，最忌讳从局部画起。同时还要注意有一定的夸张，夸张动态线，夸张基本形、夸张特点。要宁过勿不及，宁强勿弱，宁动勿静。

3. 白描

（1）白描的意义

线性的形式美是中国画赖以存在和发展的根本，以线造型，是人类为了在平面上表述客观事物，并借以表现主观情绪的虚拟性、提示性的视觉语言。它比模仿性的写实语言更有表现力，更具表意性，也更加能自由地摆脱客观的束缚。所以以线造型虽然是人类最古老的绘画形式，但同时又是最具有现代意识的视觉语言。

要画好中国画必须练好线。要画好写意人物画必须练好以线造型。因此，中国画的造型基础只能是线造型的白描。当然西方的明暗素描也要学习，学习素描的目的是借鉴吸收外来艺术的长处，对于提高人物画的造型能力、丰富表现手段，有很大的好处。中国画要不断发

展、创新，不仅要吸收素描的长处，还应该吸收西方现代艺术的一切长处，为我所用。但是这种借鉴和吸收，绝不能代替自己的基础和自己的创造，一定要坚持自己的特色才会有交流的基础，所以在融合与交流的过程中要坚持自身的文化品质。艺术的可贵不在于共性，而在乎个性。中西绘画的造型观的不同点，就是前者是以线造型，后者是以面造型；前者强调本质结构，后者强调光色变化；前者强调主客观结合的意象思维，后者强调纯客观的具象再现或纯主观的抽象。所以中西绘画在思维方式、绘画观念、观察方式和表现方式上是两种不同的体系。二者之间可以互补，但不应混同。

白描的线造型，不是客观物象的仿照，只是客观物象的类似物。它与客观物象的相似处，更多的是一种内在精神的相似，是不似之似，是透过外在形象光色的变化去观察内在本质。在思维方式上，中国画家也不能停留在对客观物象的巨细识辨上，而要依靠记忆的筛选加以分析、综合、提炼、加工，经过主观意念概括简略了的意象，是一种意象的思维方式。而在

隐居十六观　陈洪绶

表现方式上，中国画选择了更具表意性、抒情性、灵活性的线条语言。这种线并不直接来源于客观世界，而是画家创造出来的特殊的神奇的艺术语言。

西方绘画也有某些用线表现的艺术，西画的线和中国画的线有两个基本区别，第一个区别是西画的线仅仅是作为形体的界线，一种轮廓界定的方法，在形象思维方式上仍然是一种视觉的写实，再现的是画家直观所看到的形象；而中国画的线造型表现的是理解的东西，经过画家主观概括提炼、改造过的意象，是一种写意。这种意象化的线形，已经摆脱了单纯形体轮廓界线的束缚，进一步去表现形象的内在本质。同时中国画的线又和形象有相对的独立性，能表现线自身的生命感、力感、韵律感以及个性情趣，具有相对独立的审美价值。第二个区别是中国画的线在表现技巧上具有书法意味。中国画

群仙祝寿图（局部）　任伯年

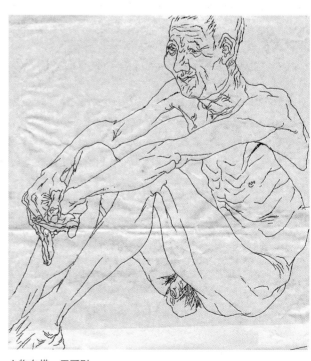

人物白描　王可刚

写意人物线描 王可刚

的软性毛笔以及墨、纸等，为线造型提供了艺术表现及感情抒发的更大自由，为高度发挥线的表现力提供了最好的条件，为画家创造特殊的笔墨形式技巧提供了最大的可容性。中国画线造型中体现的笔墨形式美、笔墨意趣美，是其他的工具材料无法表达的。

白描的风格和方法可分为工笔白描和写意白描两种。两者在以线造型的原则上是一致的，但在具体表现方法、用笔技法上又有很大的区别。工笔白描不能作为写意人物画的造型基础，因为工笔白描的用笔要求工整严谨，所谓"工笔如楷书"即指以楷书用笔法为其基础的。而写意白描的用笔要求奔放纵逸、简练生动，"笔才一二，像已应焉，离披点画，时见缺落，此虽笔不周而意周也"，所谓"意笔草书"即指以行草书法用笔法为其基础。故两种白描最好不要互相代替。

（2）写意白描的方法

起稿。熟练的中国画家能做到意在笔先，胸有全马，往往不用起稿，用毛笔直接作画。但是作为基础训练，还是应该起稿，一般是用木炭条轻画，起稿的目的是要解决形象的基本形和比例，如位置、结构关系等。具体方法是先进行取势布局，也就是构图，确定形象在画面中的大小位置以及动态倾向，然后用直线画出大的基本形。整个起稿阶段，要注意整体观察和整体概括，做到基本形明确，各部位的比例位置准确，形象特征明显，

以及解剖结构准确。结构有两方面的内容，一是形象本身的组成关系，如手、腕、臂或口、眼、鼻等；二是形象各部分互相的结合构成关系，如手与腕、腕与臂或眼与鼻、鼻与口之间的构成关系等。结构是形象的本质和骨架，对线造型的白描具有特殊的重要性。用木炭条起稿的好处是便于修改错误，故在落墨前要多认真检查错误，大胆进行修改。起稿是勾线的预备阶段，为了不使线受到拘束，不必作太多的细节刻画。

勾画脸部。①一般脸部勾线可以先从眼睛画起，但也可以从鼻、嘴及其他部位先画。但要注意画一点顾四周，画部分顾全局。脸部勾线要从结构出发，排除一切表面光线明暗的干扰，凡是结构所在的部位要大胆用线勾出。②要定主次分虚实。主要的形象（如眼、鼻、嘴等）和实处的部位先画。凡是高处和前面的部位属于实，低处及后面的部位属于虚。高处、前面的用笔要实、用墨要重，低处后面的用笔要虚、用墨要淡，这就是"画高不画低"的原则。③要根据形象的质地、软硬、松紧、厚薄、轻重、粗细、虚实等不同组织线条的变化。如脸部的颧骨、下巴、鼻子等骨骼显露的地方，用笔要重些、粗实些；而肌肉脂肪多的地方，用笔要轻些、虚些。老人的皮肤比较粗，用笔要苍老些，用墨干焦些；而姑娘的皮肤比较细嫩，用笔要含蓄些，用墨也要湿润些。总之，写意白描的脸部勾线，切忌违背感觉地用同样粗细的线条和同样深浅的墨色去勾描。④是要注意用笔先虚后实，用墨先淡后浓，先干后湿，留有余地，照顾全局。

画手。手的形象也是十分重要的，画手的用笔用墨方法和步骤，基本上和脸部相同。由于手部裸露的骨头结构比脸部更明显，故用笔时要比脸部更硬实些。由于手在全身是处于第二位的形象，故用线也可比脸部更简略些。要画好手，一定要对手的各部位结构、解剖关系很熟悉。凡是关节部位一定要用笔肯定，适当夸张，切忌线断或含糊不清。各个手指之间也要注意整体，比较相互关系。

画身体。身体勾线要注意三个问题。①画外表内，就是要用高度简练的线条所勾出的衣纹，去表现衣服内部的形体的解剖、结构，体积等。②要注意根据对象的不同年龄、性别和整体形象的特征来调整笔墨。如男性结构，肌肉都比较明显，用笔可粗硬些，转折也要方直些；而女性结构比较含蓄，线的用笔也可圆转些，用墨也可湿润些。③要坚持书法入画的原则，注意笔笔生发有书意，要贯气，要有笔墨意趣，而不要涂描。

4. 水墨人物的写生

（1）笔墨关系

"笔"与"墨"，是写意人物画不可分割的表现语言，"笔由墨现，墨自笔出"，指的就是笔中有墨，墨

里须见笔。黄宾虹先生曾对笔墨关系有过详细叙述："画岂无笔墨而能成耶？惟但有轮廓而无皴法，即谓之无笔；有皴法而无轻重向背云影明晦，即谓之无墨。既就轮廓，以墨点染渲晕而成者，谓之发于墨；干笔皴擦，力透而光自浮，谓之发于笔……"

笔与墨各有不同的表现功能，但又不可分离，两者是一种相互升发，相互辅助的关系。用笔时必须有"墨"，才能使笔有"向背云影明晦"，而墨法之妙又必须以笔法来展现，笔踪过去，墨彩随之。"笔"有迟速、顿挫、转折、偏正之姿以显其活气；"墨"有枯湿、浓淡、渗化、积聚之变，以显其韵味。所以"夫善画者，筑基于笔，建勋于墨"。

"笔"谓画中之骨，要苍劲有力才能传画中之"气"；"墨"谓画中之血肉，要润泽融洽才能传画中之"韵"。笔墨关系相生相济缺一不可，有笔无墨枯而乏韵，有墨无笔水墨一摊，是谓"墨潴"。故此中国画在笔墨追求上以笔墨兼得为最高标准，要以笔取气，以墨取韵，才能达到"气韵生动"的境界。

（2）笔法

中国绘画，以笔线为间架结构，所以以线为画中之骨。线在写意人物画中起着主导作用，也是解决好点面、皴擦、晕染问题的基础。线最能迅速灵活地捉住一切物体的形象，而且具有明确概括的造型功能，所以写意人物画的用线是用笔的主要形式。中国画用线与西画的线不一样，是经过高度提炼加工的，是运用毛笔、水墨及宣纸等工具材料灵活多变的性能，加以充分发挥而成。同时，又吸收中国书法艺术中的用笔方法，使中国画用笔具有了灵活多变、抒情达意的品性。

中国画大师潘天寿先生曾对书法与绘画的用笔有过精彩的论述："吾国书法中，有一笔书，史载创于王献之。其说有二：①作狂草，一笔连续而下，隔行不断；②运笔不连续，而笔之气势相连续，如蛇龙飞舞，隔行贯注……绘画中。亦有一笔画，史载创与陆探微。其说亦有二，大体与一笔书相同，以理推之，亦以第二说为是。盖吾国文字之组织，以线为主，线以骨气为质，由一笔而至千万笔，必须一气呵成，隔行不断，密密疏疏，相就相让，相辅相成，如行云之飘渺于大地，一任自然，即以气行也。气之氤氲于大地，气之氤氲于笔墨，一也，故知画者，必知书。"由此看出绘画的笔法同书法用笔一样，强调"笔断意连"，用笔时必须有"力"与"气"的贯通，即使断笔也要有顾盼之势才能贯气。用笔的"力"则是要通过一定的运笔方式，达到厚重、稳健、凝练、浑朴的审美要求。用笔还承担着造型的表现功能，经过用笔的"线"不仅仅有界形的作用，还有对质感的要求和对精神表达的作用，要达到"一笔立其形质"，一笔

女孩 习作 王兴华

落下，"形质"同现。

在中国画的用笔中更应体现的是精神层面的表达，一笔一墨都是艺术家内在精神的具体体现。在中国画的笔墨表现中始终把人文内涵融入其中，用笔的凝重、内敛体现的是一种文化品位，点画结构反映的是艺术家的人文心象。所以中国画的用笔方法不仅仅是技术层面上的表达，更重要的是文化层面和人文层面的表达。

笔法是中国画造型的骨干，南齐谢赫在"六法论"中提到的"骨法用笔"，就是要求用笔要有筋骨和法度，在作画用笔时，起、承、转、合、中锋、侧锋、藏锋、转折、顿挫、疾涩等，用笔的不同变化会产生不同的笔线质感和特征。

写意人物画常用的用笔方式分中锋、侧锋、卧锋混合用笔，在用笔形式上又分勾勒、点、皴、擦、染等形式。

中锋用笔：在造型中表现力最强，用笔时垂直运笔，笔锋在线的中间部位运行，线的特点圆浑有力，富有弹性，适合勾勒脸部、手等造型严谨处，但中锋缺少变化。

侧锋用笔：侧着用笔，笔锋沿线的一侧运行，具有变化丰富，粗细自由的特点，适合表现衣服及虚处，但不如中锋厚重有力。

卧锋用笔：是卧式用笔的方法，笔锋在后、笔根

握手的女人 邵立

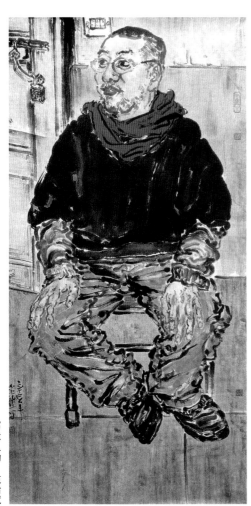

写意人物 范治斌

在前的握式中锋用笔，适于画长线条，具有中锋的特点，但不如中锋凝练有弹性。

混合用笔：写意人物画的用笔，不仅仅限于一种用笔方法，要根据客观对象的变化而变化，可以中、侧、卧混合使用，可以中锋转侧锋，也可侧锋转卧锋，要自由灵活处理。

另外还有皴、擦、点。皴：是一种带有线的用笔特点的虚笔，有一定的形象特征，在写意人物中起着特定的肌理作用，也是勾勒部分的必要补充。擦：是面的表达方式，以侧锋枯笔为主，可以用来加强画面的厚度，是充实、调整画面的必要手段。点：点与亴都是点，亴是扩大了的点，多以湿墨进行表现，在画身体时，用重墨或淡墨点出衣服浑厚的笔墨变化。

写意人物画的用笔要追寻灵活多变的原则，根据感受立意组织用笔，注意轻、重、刚、柔、粗、细、曲、直的变化与统一。同时还要注意线本身的审美形式，强调线的质量，使线能刚柔相济，有质有韵，在塑造形象的同时还有传情达意的审美价值。

（3）墨法

在写意人物画中以笔取其"气"，以墨取其"韵"。写意人物画的用墨，既承担着造型功能，又起着对画面整体调整的作用，利用干、湿、浓、淡的节奏来调节结构层次，通过用墨的阴阳向背变化来调整画面的整体气势和韵味。唐代张彦远说："运墨而五色具"，在中国画表现语言中，墨如同色彩一样，是极具表现力的。

写意人物画用墨有焦、重、浓、淡、清五色之分，有干枯、湿润之变，又有破墨、积墨、泼墨、宿墨之法。

焦墨：墨中含水量极少，墨黑而有光泽，在写生中积墨或破墨时使用，焦墨一般不适于脸部使用，适于在表现比较厚重的棉衣或头发时使用。

浓墨：比焦墨水分略多，墨色浓重，常用来突出画面最浓重之处，多用于头发或衣服处，有提神醒目的作用，用浓墨能取得庄严沉重的效果。

重墨：含水量较多，但墨色浓黑，适于调整画面，起到晕染浑厚的作用。

淡墨：黑色淡而不暗，常用于脸部或衣服的墨色，也常用干笔淡墨皴擦老人肌肤之用，淡墨能得清雅淡远之效。

清墨：墨清而透明，最适于表现微妙的笔墨关系，适于脸部上色后的渲染，也可用来过渡淡墨与白纸的关系。

墨分五色必须结合水分的干、枯、湿、润的变化，方能显示其墨色韵味。虽有墨色变化而没有干、枯、湿、润的变化，墨色则无生气，更会乏韵。所以在写生时必须遵循于干中有湿、枯中含润的用墨原则，所谓"干裂秋风，润含春雨"，就是要求在变化中求韵味。在用笔用墨中要达到枯中含湿、湿中含枯，关键在于用笔，墨枯而行笔慢则能枯中有湿，墨湿而行笔快则能湿中有枯，"墨非水不醒，笔非运不透，醒则清而有神，运则化而无滞，二者不能偏废"。

"墨"要靠"墨法"来体现，用墨之法变化多端，有破墨法、积墨法、泼墨法、宿墨法等。

破墨法：是写意人物画最常用的墨法，所谓破墨法如同水彩中的湿画法，它必须趁湿进行方可达到互破的效果，如以浓破淡、以淡破浓、以湿破枯、以枯破湿、以色破墨、以墨破色、以墨破水、以水破墨、以线破墨、以墨破线等方法，是用不同墨色和干湿的笔触重叠使用，产生水墨相互渗透掩映，具有韵味十足的艺术效果。

积墨法：是山水画中常用的技法，因其具有苍郁浑厚的艺术效果，多被北方人物画家所采用。积墨法亦如水彩画中的干画法，是在一个层次的墨色干后，才可进行另一层次的反复，是不同墨色的笔触反复交错在一起的表现手法。一般由淡墨开始，待第一次墨迹稍干，再画第二次、第三次，可反复多次。用积墨法，行笔要灵活，无论用中锋还是侧锋，笔线都应参差交错，聚散得宜，切忌糊涂乱抹，堆叠死板，要注意第一次墨色与下一次墨色要拉开，才能看得清笔痕，不至于干后糊涂一片。积墨法特别适合表现厚实、浑朴的性格特征。

泼墨法：是以大笔用饱含水分的笔头，蘸上浓淡得宜的墨汁，大胆落笔，概括地泼出人物的基本形态变化。一般泼墨法适合画造型不严谨的、场面比较大的形体部分使用，经过大笔触的泼墨有浓有淡，有虚有实，画出人物的外势及动态，然后趁湿勾、皴、点、擦，画出人物头部等处细部，有收有放，有精有粗，大气磅礴。泼墨法的笔墨变化要求在"平中求不平"，"不平中求大平"，要根据具体情况，在画完后趁湿用干笔枯墨皴擦，或用浓墨勾皴，开醒提神，能收到苍润结合的艺术效果。

宿墨法：宿墨即隔宿之墨，由于放置时间长，水分蒸发脱胶，在宣纸上墨的克粒时合时分，形成斑驳润化交错的感觉。宿墨的效果易产生结实、浓重、苍郁的感觉，也可产生浑厚华滋的奇妙效果，适合于结合积墨法一同使用，用于积墨的最后一道墨，能恰到好处地起到开醒变化的目的。

用墨之法要尊重客观感受，根据客观对象的内在气质，结合自己的立意，选择用墨，或破、或积、或泼，来表达自己的感受。运用笔法时，应从整体气韵出发，画前要对墨的干湿、浓淡的大致分布有个初步设想，做到胸有成竹，一旦落幅后要根据画面变化随机应变，不可墨守成规。

（4）观察与立意

观察和立意是写意人物画的重要环节。观察，不是简单的观看，而是要面对客观对象进行综合分析，去发现与自己的情感与体验相一致的东西。观察的目

戴眼镜的女人　邵立

端坐的女人　邵立

的是为了立意。立意，是通过对客观物象的观察、分析、体验后，再进行表达的意象构想，是在观察的基础上，达到物我交融后进行的意匠经营。写意人物写生是一种创作的过程，面对自然状态下的模特儿，不是画像为止，而是要通过观察，发现其内在气质和神态，以及带给你的艺术表现的启示。抓住这些东西，便可根据感受立意，或高雅、或粗犷、或秀美，有了感觉上的意象构想，再进一步考虑如何布势、如何造型、如何用墨、如何传神等问题，在作画前要考虑周全，才能做到意在笔先。清代山水画大师王原祁曾对如何立意有过具体论述："意在笔先为画中要诀，作画于搦管时，须要安闲恬适，扫尽俗肠素幅，凝神静气，看高下，审左右，幅内幅外，来路去路，胸有成竹。然后濡毫吮墨，先定气势，次分间架，次布疏密，次别浓淡，转换敲击，东呼西应，自然水到渠成，天然奏拍，其为淋漓尽致无疑矣。"故此在作画前详尽地确立自己的意象，是一幅画成功的保障。

（5）起稿

初学者用木炭条起稿是十分必要的，木炭条容易涂改，对反复推敲造型有利。起稿分经营位置、布势、确定形象特征、检查调整四个步骤。

①经营位置：写意人物画的"经营位置"不同于素描写生的构图，素描写生构图考虑的是，面对一张白纸，如何进行构图，如何在一个边框内将一个人物形象的位置安排得协调。而在写意人物画的"经营位置"中应该考虑的是，如何以一个人为基础"经营"这张白纸。中国画"经营位置"的原则，是一切从画面的整体结构出发，时刻考虑画心与周边的关系，以纸的周边组织画心。"经营位置"时要考虑对比的关系，如：大小、方圆、长短、倚正、曲直、藏露、黑白、宽窄、厚薄、疏密、聚散、松紧、虚实、精略等对比的手段。有对比还要统一，没有经过统一调和的对比就会乱。对比必须经过有节奏、有韵律、有序性安排才能达到变化统一，这种变化统一的手段不但在"经营位置"中运用，而且是写生时笔墨表现过程中时刻要考虑的问题。

②布势：布势是对形象"力"的运动方向作主观的夸张布置。布势首先要画出大的动势和基本形，画大动势要抓住对象的高低、俯仰之势，以及身体的运动方向，笔墨处理的总体趋势。其后布置比较小的动势，找出它们的微妙关系及内部结构的基本形，再画出头、颈、胸、臀、臂、腿的动势。找基本形要主观概括，不可以完全跟着对象跑，把复杂的东西看成一个基本形，在先确立外轮廓基本形的同时，要注意与内部结构的串联，强调出形象基本形的变化关系，如宽窄、粗细等，如同七巧板式切割，此步要求概括整体。

步骤一

③确定形象特征：大的动势画出后，要确定形象特征，主要是找出头和手的特征。先要注意头部的基本形，人的头部基本形概括起来有上宽下窄、上窄下宽、中间宽上下窄、上下一样宽，或长脸形、方脸形、圆脸形等特征。画时要注意观察，先找出头部基本特征再找五官特征，画五官注意五官之间的上下宽窄的关系，要从整体关系入手，抓住规律性特征。比如画眼睛，眼睛通常有三种特征关系：从眼角的关系看，有内高外低关系、外高内低关系、平的关系。画鼻子，要注意鼻子与脸形的关系，脸长的人，鼻子必然长。画嘴要注意嘴与鼻子、下颚的上下关系，以及嘴角是向上还是向下等。抓特征一定要夸张，长脸形要画得更长，大眼睛要画得更大，才会生动。

④检查调整：检查调整是写生中的一个重要环节。起完稿后要站在远处，认真检查画面，看其构图是否完美，动势有没有抓住，基本形关系切割得美不美，形象特征有没有抓出来。修改后用布将起稿时的碳条线擦淡，以便下一步的笔墨灵活发挥。

（6）勾线

写意人物画基本是以线造型为基础，勾线是要确立造型和画面结构的骨架，要先立骨，再分布墨和色。所谓立骨，是把造型的框架以及画面的结构分布，以变化统一的方式确立下来，分出主次、虚实、浓淡的变化。

肖像写生中头和手是画面的重点刻画部分，画头要先画五官，先从眼睛入手，眼睛是最能代表人的性格特征，也是最传神的地方。画眼睛，要注意两只眼睛的变化关系，要整体地看，不要光看眼睛的本身，要注意内外眼角关系，更重要的是要从眼睛和周围的关系来表现眼睛的特征。眉毛对眼睛神态的表达起着重要作用，画眉毛要注意虚实变化，要使眉毛与眼睛周围的结构连在一起，不要孤立。鼻子在头部的整体表现中具有明显的结构特征，需要强调出鼻子和脸部的前后关系，画鼻子要画出鼻骨与鼻头的具体变化和特征。画嘴时唇线不要圈死，将嘴角和上下唇的中间部位强调出即可，重点要刻画唇缝与唇角的结构变化，以及嘴与周围肌肉的结构关系。画五官和脸时墨色要淡而湿润，墨不可太焦。即使画老人的线也要枯中含润，线勾得要有弹性，以表现肌肤的质感。画脸时要注意脸形特征，依靠线的起伏叠压暗示结构。画耳朵要概括，处理得虚些。头发的处理可根据头发的变化不同，如松软、稀薄、干枯等不同质感，运用干湿、浓淡、轻重、松紧不同的笔法表现。

画手时要抓关节处，关节处也就是手的转折处，最具变化性，抓关节不要太死，要有放松的感觉，表现要注意变化，不要处处抓得很紧，根据手的整体变化来处理松紧，手的外轮廓线与内结构线要统一。画老人的手要带入皴擦，以表现干枯的质感。画头和手要根据结构关系来处理虚实变化，关节处和骨骼显露处是结构的支撑点，要实一些，肌肉部分可以画得虚些、随意些，实处用笔慢而凝重，虚处用笔快而轻松，虚实要相辅相成。

画身体的线可灵活多变，先用长线拉住整体的几处大的基本形和整体气势，同时要注意线的力度，几根线要能撑得住形。所谓的长线是由长短不同的线组合在一起的，特别是结构变化丰富的地方，是由几根线穿插搭接在一起的，每一组线的搭接都暗示出一个结构的走向，线的搭接不要断气，要拉得住，形才会撑得住。画衣服不要只看衣服的表面变化，如肩、肘、腕、胸、臀的支撑点，一定要卡准，这些形的关键部位抓住了，其他地方可以随意变化。随意的地方要有艺术处理，也要精心概括组织，这些地方不受人的形体结构束缚，能够发挥主观能动性，主动找出线与形的变化和对比关系，上下左右对比着看。利用线分割形时要注意对比变化，大面积与小面积的变化，方形和圆形的变化，一个形也有宽窄不同的变化，都要有主观处理。如画衣袖，若上宽，下部就要窄，若上窄，下部就要宽。手臂和腿的粗细变化也要拉开，要强化主观感觉，这是艺术处理的必要手段。勾身上的线千万不要只勾边框，要自如变化，出出进进、干干净净，紧贴结构的线用中锋勾一勾，虚处用侧锋扫一扫，线条有干湿，出入有变化，便不会是死线。

（7）皴擦

皴擦是制造画面肌理、丰富画面、强调虚实结构的必要手段，也是为了补充线造型中的不足。皴擦能够有效地强调结构、加强厚度、补充虚实。如老人的脸部，有些微妙的结

步骤二

步骤三

步骤四

步骤五

构和粗糙的皮肤，用线是无法画出来的，便可用虚笔皴擦来表现。脸部皴擦要皴出结构变化，要谨慎不可过多，给将来上色留有余地。衣服的皴擦要在有向有序中变化，不可横竖乱皴，皴的方式可根据衣服的不同质感，灵活处理，结构要紧处要有皴擦，如画衣管、裤管紧贴结构处，可似有若无地略施皴擦，以显其骨骼肌肉，这样感觉结实些。皴擦不要过死，要留有余地，要有变化，或疏或密、或厚或薄、或紧或松、或浓或淡，始终把握整体的大关系，不要拘于线和形，该压的地方压住，该露的地方露出来。

（8）用墨

写意人物画用墨，主要用来调解通幅气韵。画之前对笔墨的干、湿、浓、淡的变化要有个大致的设想，根据主观的想法或轻或重、或浓或淡。可用积墨法表现厚重的造型感，也可用破墨法表现生动的笔墨情趣。人物画用墨多数都在画衣服上，衣服上用墨不要拘于衣服的固有色，黑、白、灰可根据自己的设想来处理，画面的黑白灰的布置要有节奏变化，不可一致，黑、白、灰的面积分布要有大小变化，还要有干、湿、浓、淡的变化，用墨时不要太死，大片用墨的地方要留有飞白，这样才能透气，做到"浓而不呆滞，淡则能沉厚"，墨的厚薄也要有变化，一笔见浓淡，或厚或薄。用墨时不要完全随着对象的结构画，干、湿、浓、淡、轻重、虚实不拘于结构。用墨安排主要考虑画面的整体笔墨关系和笔墨结构，要有自然流动的感觉，像一片云一样，在不经意中恰到好处地飘浮于线面之间，把藏与露、线与面、笔与墨、黑与白、主与次、虚与实的笔情墨趣不露痕迹地展现出来，以期达到完整的艺术效果。

（9）用色

写意人物画用色，不同于油画用色，它没有复杂多变的色彩关系，色彩也不承担主要的造型功能。写意人物的用色，一方面补充水墨黑白的不足，另一方面有表现固有色和装饰画面作用。用色要单纯而高雅，色彩要与墨保持协调，色与墨的比例也要拉开，如以墨为主，色为辅之；以色为主，墨为辅之。脸和手的染色要透明润泽，切忌颜色厚而干燥。

中国画颜料分矿物色与植物色。石青、石绿、赭石、朱色为矿物色，颗粒粗，为不透明颜料。花青、曙红、胭脂、藤黄为植物色，颗粒细是透明颜料。矿物色颜料覆盖力强，不宜调和，染脸和手不宜大量使用；植物色颜料，具有透明性和渗化润泽的特性，可反复积染，具有丰富的层次变化。

画脸部的表现方法要和画面的整体表现形式一致，脸部刻画一般是整体画面的重点，是一幅画的传神的位置，要相对画得充分一些，要适合画面的整体构思，根据构思要求画足为止，切不可为了表现脸部而孤立地刻画，要掌握表达的度数；衣服上的用色表现体现在对画面整体效果的调整上，一般情况下是表现衣服的固有色，或辅助于墨色，起到点缀装饰的作用。如果画面以墨为主，用色就要退于其后，起到辅助衬托作用，如果以色为主，就要考虑色调的总体倾向，色彩的表现可以主观处理和表现。

第三节　关于创作

一、创作的方法
1．立意

立意是在深入生活、感悟生活的基础上，确定要表现什么，以及如何表现的基本意图。"意在笔先"，意的表达尤为重要，"意"是指画家在对描写的对象经过深入细致的观察、体验后，在头脑中所形成的主题思想、总体感受，以及用什么方式方法来表现主题的设想。宋代张舜民说："诗是无形的画，画是有形的诗。"北宋苏东坡也说："诗中有画，画中有诗。"所以讲究意境，富于诗意是中国画显著的艺术特征。画家要想获得有品味，有价值的"意"，要丰富作品中的"意"的内涵，就要不断地加强对自然和生活的认识以及多方面的素养，广泛吸纳，博采众长，培养良好的专业技能，通过画面形式的营造，创造出有诗意的境界。

2．构图

"构图"在"论画六法"中为"经营位置"，造型艺术中也称为"构成"。"构成"是一幅画成功与否的关键所在，今天所谓的"构成"不仅扩展了它的内涵，也更提升了它在造型艺术中的重要性。

有了明确的立意后，就需要考虑用什么样的形式和构图把想法（立意）表达出来，前人在反复的生活观察和实践中总结出许多构图形式，如对角线构图法，金字塔（三角形）构图法，S形构图法，平行与垂直构图法等等。构图布置是千变万化的，画家在艺术构思时，要灵活多变，活学活用，才能朝风格化、个性化语言方面迈进。

构图过程中，一般来说，绘画主题总是应该放在画面最醒目的地方，但不应该理解是画面的中心，应该是凝聚视觉的集合点，一切构成应围绕这个中心服务。传统中国画以散点透视为主，形成了民族的特有

金沙滩　唐秀玲

黄遵宪东瀛赏樱图　蒋采萍

霜晨　王小晖

的构图方式，在我们深入研究构图的一般规律和中国画的自身特点，体会中国画博大精深的真谛奥妙后，一定会创造出造型独特，有品味、有境界的构图样式，为创造出优秀的工笔人物画作品打下坚实的基础。

3．用色

在完成了立意、构图之后，着手准备上正稿。首先根据立意来考虑画面的色调，通过色彩来更好地表达作品的意境。谢赫在"六法"中提出"随类赋彩"说，即要对中国画的色彩有综合、概括、取舍和主观的处理。中国画色彩非同西画色彩讲究光色关系，而是强调色彩的单纯和对比，以及情感因素的注入，即要从表达作品的主题和意境出发，可以发挥主观能动的想像力，以增添画面的浪漫主义色彩与情调。但这必须以符合主体内容的需要，以体现艺术美为前提。

4．制作

绘画创作中立意、构图、色彩的运用等都是非常重要不可或缺的，但具体的画面制作，关系到最终艺术作品的诞生以及艺术品位的高下。制作表现的过程，是各种艺术语言在画面发挥和展示的过程。在工笔人物画方面，祖先给我们留下了许多宝贵的艺术财富，如：散点透视、十八描、意向造型、重彩渲染、淡彩渲染等。总览近年来的工笔人物画创作，在技法和艺术语言上较传统工笔画画家在创作风格上又有三类：一类是致力于对传统笔墨技法的继承，以传统技法表现描绘生活中的人物，使作品富有新意；还有一类是不满足传统技法、样式，广泛吸纳西方艺术精华，并吸收民间艺术、石窟壁画艺术的形式技法，使工笔画融入写意的观念，充实丰富了工笔画的审美内涵；第三类是近年来受日本画的影响，开始以天然矿物质色为主进行创作的重彩画，大大地丰富了工笔画的色彩语言，取得了可喜的成绩。当代工笔能广泛地吸收其他画种的营养，使探索的空间更加广阔，观念更加现代，这些都很大程度地拓展了工笔画的形式美感。

制作与表现都是手段，不是目的，因此，它始终为艺术作品的主题思想与审美规律服务。创作中切不可为制作而制作，好的制作和表现是为创作的实质目的服务的，是在不经意中不露任何痕迹地表达思想的内涵，宣扬主题并显示美的价值的。

二、创作的思考

1．主题

主题与非主题创作没有本质的区别，只为教学方便而划分，两者互为补充。主题性创作（或主旋律创作）以表现内容、主题及思想为目的。主题性创作一

也有快乐　王可刚

看见看不见　王可刚

般指大型的有强烈主题目的的，侧重使命感、责任感，选择具有典型意义的"戏剧"场景，多为具象的，构图饱满，形象生动，赋予作品史诗般的艺术价值，注重形象的典型性语言的表现力，如徐悲鸿的《愚公移山》，蒋兆和的《流民图》，赵奇的《生民》，刘文西的《祖孙四代》，周思聪的《人民和总理》。非主题性创作亦称玩赏性艺术，对题材内容不关注，对形式笔墨、情趣格外重视，侧重随意性、即兴性、表现性。传统题材多为高士、隐士、仕女、樵夫，借古而喻今，强调书法笔意，把握画面自然趣味，当代多为表现都市生活，面对当下现实生活，作幽默的讽喻或无奈的调侃。

避　王兴华

旧宇宙　邵立

2. 章法

普通说的构图亦是通过各种形式因素来构筑画面，更好地达到作者情感转化为视觉图像的表达，如三角形、S形、圆形、"井"字四位法等等。但中国画章法讲究立意定景，要求"远则取其势，近则取其质"。运用宾主、呼应、开合、露藏、繁简、黑白、疏密、虚实、参差等等对立统一法则经营构图。这里不一一介绍，主要对黑白作以论述。

白，即是纸素之白。画山石的阳面、石坡的平面及画外之水、天空阔处、云雾空明处、山峦之杳冥处、树头之虚灵处，以作天、作水、作烟断、作云断、作道路、作日光，皆是此白。白原本是笔墨所不到之处，中国画的白并非纸素之白，实为有情，否则画无生趣，落笔时气吞云梦，使全幅之纸皆是生命。禅家云："色不异空，空不异色，色即是空，空即是色。"中国画的空白是有形的、重要的部分，它扩大了画面的意境，是画的精彩部分，是意到笔不到，给观者以想象、神游的余地。画面空白大小、形状及布置是否合理、精妙、自然组成了中国画独有的艺术形式。在潘天寿绘

画中的布局可见其经营独具匠心。黄宾虹画中的白是有意无意中的虚白，是无画处皆是妙境的白。

3. 生活

生活是艺术的源泉，是艺术的土壤。用心感受周围，春天一抹绿、夏日一丝雨、枯叶飞落、寒雪飘飘，点点滴滴，用心才能感受得到，生活处处是美，就在你身边。对生活、对艺术有发自内心的热情，你的技艺便会随这种热情而迸发出来。"笔墨当随时代"与"笔墨当随我心"，艺术在社会时代的大背景、大框架下留下了时代的印记，时代不同，生活不同，人不同，审美取向亦不同，然而追随时尚笔墨与摹仿前人笔墨同样都陷入了盲目性。人应立足当下，体验周围自身的背景，注重个人情感的真情流露，无论你是居住乡

村或是都市，或贫穷或富有，你自己的生活就是你的时代，生活、感受无高低贵贱之分，只有真诚与虚伪之别。尊重自我的感受，寻求与内心相契合的绘画语言，语言要适合自我的身份。"笔墨当随我心"，这种"我心"是自己的真心，不是虚伪的，是本我的个性显现。有什么样性格便有什么样笔墨，如，虚谷笔意干涩、清朗，唐寅笔墨秀丽，傅抱石笔墨浑然大气，都是个性使然，每个人都是社会的缩影，传统是时间的延伸与精神的承续。谈生活并不能机械地受制于生活，而对生活则是一种主观的距离，画家的自身修养素质决定作品的优劣，仍然要关注的是自身，实是"以心为源"而后"心师造化"。"心师造化"具有深刻的文化含义，唐张璪的名言"外师造化，中得心源"（《历代名画记》）。将心作为艺术之源，而他的所谓"外师造化"实际也是由心源生出的师造化。《宣和画谱》曾引范宽的话说"吾与其师于人，未若师诸物也；吾与其师于物者，未若师诸心"，讲得更为明确，我心即天心、地心，即物心，所以与其师物，不如师心。以心为源，无论是师古人还是师造化，都可以自由驾驭笔墨，遗去机巧，创作出冥契玄化的作品来。以心为源，即使同样是师古人、师造化，不同的心源便可促使画家形成不同的艺术风格，从而自成一家。"心师造化"，脱略旧习，命意布景，师造化并不是一般意义上的深入生活，广游博览，更不是对景写生，而是艺者主体为主导的"心师造化"，去体验、契合物之神，摄取其精华，并与画家艺术情感相融合，创造出形神兼备的艺术形象，不为物役，笔随心运。

4. 风格

　　风格是画家在作画过程中流露出的特点与个性。每个人由于生活、经历、居住地域、个性、修养、道德观念等不同，在创作过程中形成了各自的迥然不同的艺术面貌和绘画特色。现实世界千变万化，丰富多彩，这种多样性也即形成了风格和形式的多样性，每个人的审美品位标准不一，这种多样性决定绘画欣赏者多样的审美需求。然而风格必须寻找自我，没有风格就没有画家。"吾辈处世不可一世有我，惟作书画必须处处有我。我者何？独成一家之谓耳。此等境界全在有才，才者何？卓识高见，直超古人之上，别创一格也。如此方谓画才。……必须造化在手，心运无穷，独创一家，斯为上品。"清·松年《颐园论画》这里所说那便是寻求自我了，然而在寻求自我风格的过程中，人们会有各自不同的创作方式，有的小心翼翼地采用别人用过的手法，临摹他人的作品，或把别人作品中各式各样的美挑选出来加以组合。画家靠研究绘画以形成某种风格，其艺术要么是模仿别人的，要

医　王兴华

么是折衷的。另外，画家在自然本初的源泉中去寻找原初的东西，通过个人仔细体悟自然，发现前人从来没有发现过的自然本身的特质，这便形成了自己独创的风格。前种方式的作品因为是重复再现大家的眼睛已经熟悉了的风格，很容易得到公众的认可与好评。相反，在新的道路上探索的画家，前行的路一定很坎坷，很少人能正确评价打破常规的新事物，或很少人具有足够的水平，能欣赏、理解独创性的探索，因为它是超时代的。风格是心灵深层体悟、感受物象与能否真诚通过恰当的语言表述此种心迹，能否准确表现对象的感觉。

　　排除物象表象繁杂的束缚，通过对事物本质及主要特点的理解与认识，通过恰当的语言表达产生的是与现实对象不同的第二世界。也即产生了与其他画家不同的处理方式，那是个性的流露，即风格。

　　独特的真诚的风格必须摆脱传统程式化束缚。学习传统的过程中是汲取前人有益的部分为自己营养，是师古人之心，不是学其点滴技法（在传统部分已论述）。风格的形成不是凭空臆造，中国画已把其艺术纯化到一个格调与境界中，吾辈应用心领悟其深诣，不可轻妄。人不同，感受不同，画不同，因今日时代不同，在艺术手法、语言表述及材料运用上，都有与前人的不同之处。风格表述的独特性意味着不同于前人，不同

于同代人，更不是重复自己。古今有成就者无不是建立了新的绘画风格，创立了新的程式，从而发展了中国画。范宽的"雨点皴"符合关陕一带似土非石的大山厚土，及全景式构图形成了永恒的山水，王蒙的"披麻皴"亦是开山鼻祖，直至影响到后世的沈周。倪瓒的"折带皴"符合江南的平湖、直树、斜坡的艺术感觉。梁楷的《泼墨仙人图》更是大笔大墨的首创者。其在当时因其语言独特与准确而形成了他们如专利一样的标志性话语"程式"。后人若模仿前人的东西，无疑如飞蛾扑火，那所展示出来的就不是风格，而是毫无价值的语言摹拟。那便是平庸的因袭，没有了自己的语言，也品不到前人的滋味。后人唯有探索新的途径去超越它才能形成独特的风格，对任何一个画家没有一个明确属于自己的艺术面貌，作为一个画家存在的意义和价值就将丧失，画家的生命在于风格。

艺术风格就是该艺术语言的述说风格，是画家在创作过程中，按自己的艺术意志选择适合于自己的内心感受的笔迹与形式，来表达自己对外界物象的感受。由于画家的生活经历、文化教育、处境地位、心理结构、先天秉赋等条件不同，都会按自己的理解择取属于自己的形式去表现，产生全新的视觉冲击。个性产生在风格中，人们没有有意思地去留意一件事，即在欣赏作品时，有意无意间流露出某种偏爱，或喜爱古典的绘画，或喜爱现代的绘画，或喜爱写实的，或抽象的，或表现的……在喜爱某种形式的同时，有偏向于热情豪放的作品，有喜爱细腻、温婉的作品，有喜欢苍涩古朴的，有喜欢富丽华贵的，有喜欢中国画的，有喜欢油画、版画、雕塑的等等。即使在同画种作品中，人们的偏爱也有差异，有人喜欢古典主义的优雅高贵，有人喜欢印象主义的直接，有喜欢抽象表现主义的宣泄，有喜欢壁画的斑驳，有人喜欢传统水墨的黑白，有人喜欢西画的色彩。每个人都有自己特殊的偏好，那么在你喜欢所有作品的感觉中，它们都有一个共同的关系，那么那个共同的就是你。那是在你潜意识中深藏的，你应回归内心，身外无求，那所有的你自己的语言都在你自身，在你自己深层寻求那无尽的宝藏，那原本属于你的。用真情与热情热爱艺术吧！由热情而迸发出的感受，从而形成的技巧是真诚的流露，是内心的直白，即便他所表现的是最为枯燥或司空见惯的题材，仍然能赋予其新的内涵、新的生命，其作品同样出色。画家的出众不在于他的对象和题材，而是他自己，他的风格。

5. 品格

古人有"人品不高，用墨无法"之说。这里说的人品或人格，应作广义时解释：即人的气质、道德修养、精神追求综合塑造的品格。人品的高下与笔墨的方法及其熟练程度并无必然联系，但与笔墨风格特别是笔墨品质、气息一定相关。学识修养深厚，广闻博识，易于把

朋友　王可刚

落日欢歌　王可刚

房东　刘大业

乡村与都市的长椅上　王兴华

烟　王兴华

握住千状万态、纷繁复杂的世间事物中美的一面，因而能立意不凡，当人们能脱离功利，直抒胸臆，画以自娱，在境界中获得自由与娱乐，如李成"善属文，气调不凡而磊落有大志"。任何一门艺术都以它的基本技巧和规范作为基础，一个不谙乐理的人很难想象能成为音乐家，同样一个对艺术技巧缺乏必要掌握的人，即使学问再好，人品再高，也难成为一个有成就的画家。然而要达到画品的"格高"，人一定要进入超物质与功利的境界，达到万物无足以扰心，物我两忘，而画也就自然而然了，那便形成了至高境界"逸格"了。正如庄周梦蝶，不知彼此，浑然相融。然在绘画中，人与物是相通的（画家与物象）。这种相通并不是随时随地能实现的，只有画家摆脱一切杂念，超越自身，达到虚静心态，物我两忘，方能意冥玄化。《逍遥游》中有"至人无己，神人无功，圣人无名"。一般人之所谓"我"，所谓"己"，实指欲望与知识的集积。庄子的"堕肢体"、"离形"指的是摆脱由生理而来的欲望。"黜聪明"、"去知"实指摆脱普通所谓的知识活动。两者同时摆脱，此即所谓"虚"，所谓"静"，所谓"坐忘"，所谓"无己"，"丧我"，达到"心斋"，进入一种"万物无足以扰心"的境界。

张彦远《历代名画记·论画体工用拓写》条有谓："夫失于自然而后神，失于神而后妙，失于妙而后精，精之为病也而成谨细，自然者为上品之上，神品为上品之中，妙者为上品之下，精者为中品之上，谨而细者为中品之中。"他以自然为上品之上，其"谨而细者"乃"精之为病"，实同于能品之劣者。现代中国画中，憨然笔墨者少，精雕细琢者多，实为憾事，这便是人格、胸怀。正是黄休复对绘画最高格调的"逸格"所说的"笔简形具，得之自然"。"得之自然"便是逸，逸即是自然，自然即是逸，这便是无法而法的自然流露，无雕琢之痕迹，是发自肺腑的真情与真诚。

课题思考：

1．在名家山水画、花鸟画、写意人物画中读解出笔墨的表现规律。

2．列举演示写意人物画中的墨法。

3．谈你对工笔画写生的认识。

4．意象体验与表达训练。

5．谈技法与精神的关系。

6．谈笔墨与时代的关系。

7．笔墨包括哪些内容。

8．谈你对笔墨的认识。

9．谈创作中的构图。

10．谈艺术风格的创造。